U0141751

惡夜獵殺
二宮敦人
Atsuto NINOMIYA

「好了，考試結束。」

老師的聲音隨著鐘聲一同響起。我將鉛筆往桌上一丟，嘆了口氣。身後的將司刺了刺我的背，遞出密密麻麻寫滿字的答案卷。我笑著接過答案卷後，將之與自己的疊在一起，傳往前方座位。

升上高中後的第一場期中考結束了。

「啊啊啊，終──於結束啦！太～棒囉！」

鄰座的京香也高興地提高音量大喊。直到剛剛都還一片寂靜，如今教室裡卻人聲鼎沸。每個人都享受、沉浸於解放的快感裡頭，我也不例外。結束了，考試週結束的感覺真是太棒了。我忍不住露出笑容。

「阿明！結束了耶──考試結束了耶──」

京香頂著她那一頭接近金色的茶髮，興奮地不停拍我的肩。

「好痛好痛，很痛耶。妳心情也太好了，英文寫得很順手嗎？」

「怎麼可能啊！」

京香以看似自暴自棄的笑容回答。

「不過我們是日本人，英文不好不是沒差嗎？」

「……妳不是說下次如果又不及格就慘了？妳爸媽可能就不給妳零用錢了的樣子。」

「阿明，那件事啊……」
京香這次改成一副有些陰沉的表情。
「今天就先讓我忘了它吧。」
京香說著，像個判定戰敗的拳擊手而笑。真是個表情豐富的傢伙。
「噗嗤。」
或許是京香的樣子很有趣吧，她身後的惠美忍不住噴笑。
「唉喲。惠美，別笑我嘛。」
「對、對不起。可是就——」
她依然摀著嘴笑個不停。惠美看起來感到有些不好意思，臉頰都發紅了。
「別看我這樣，我也是很努力很拚命地活著呢。雖然比不上總是成績優異的惠美同學啦——」
「咦？嗯，抱歉……」
惠美一臉困窘地皺起眉。蓋在她渾圓頭型上的中長髮甚是可愛。京香大力撫摸著惠美的頭。
「唉喲，惠美真是太可愛了。對不起啦，我是開玩笑的。好囉，那麼為了慶祝考試結束，今天就好好玩樂一番吧！先來個卡拉ＯＫ唱不停再去遊樂場玩個痛快囉。」

「咦，咦咦？有這回事？我沒錢了啦。」

京香的手一把捉住我的衣領。

「我想也是。不過沒錢就想辦法去生出來！聽好了，好不容易脫離這艱苦漫長的期中考地獄，當然得大肆慶祝一番才行。不然，那些死掉的答案卷可是無法成佛呢。特別是英文。阿明，你也會一起參加對吧？」

「我、我是都可以啦。」

我輸給了京香的魄力如此答道。是說，妳的英文果然考得很差呀。

「啊，如果阿明也要去的話，那好吧……」

惠美看著我，稍微低下頭，往上瞄並露出笑容。我的心臟加速跳動，感覺血液都快集中到臉上，只好別開視線。

「嘿——是在聊什麼有趣的話題嗎？」

從我身後拍肩的是將司。這名身軀修長的同班同學與京香兩人視線相交時，突然感到緊張而身子一抖。難道他是感覺到了什麼殺氣嗎？

「將司，京香她在問要不要去玩玩，慶祝一下考試結束啦。」

「喔——好像很好玩耶。也讓我參加嘛。」

「……將司……」

京香依然對將司投以懷著敵意的視線。

「……想必您英文應該考得不錯吧……」

「咦？啊，對啊。我只有一題沒什麼自信，差一點的話也會有九十八分吧。」

將司調整一下眼鏡的位置。

「你給我滾！」

京香一臉又哭又笑的大叫。

老師則以比京香還要宏亮的音量開口：

「喂，那邊那個滿江紅的安靜一點。現在還在回收考卷喔。」

放學前的班會上，老師宣導的，對我們來說都是些已經聽到厭煩的話。

「呃，明天是創校紀念日，後天又是國定假日。正值剛考完試的連續假期，也有人會想大玩特玩，但注意可別玩過頭了。要好好複習功課，可以的話也要預習後面的進度啊。」

想大玩特玩，老師說到這邊好像看了京香一眼。我也往旁邊瞥了一眼。原來如此，這裡有個女的臉上同時寫著「好想去玩」跟「快點結束班會」這兩個願望。

「你們都是高中生了，應該也沒必要再特別叮嚀，但還是多多注意是否有可疑人士。學生單獨出遊的話需事前報備，想打工的話得先向學校申請，禁止出入部分鬧區。還有……」

我假裝往京香那裡看，將視線稍向後移。可以瞧見惠美那雪白肌膚、黑亮眼珠以及粉紅嫩唇。我有種兩人會四目相接的預感，只好轉頭回前面。

老師正好要說出最後一段話。

「千萬要在入『夜』前回家，別在『夜間』外出。以上，班會結束。」

老師接著砰一聲闔起記事本。

「起立。」

隨著班長令下，京香喀噠喀噠地發出聲響最先起身。

「敬禮。」

教室裡全員低頭。過了幾秒後，在我要抬起頭這一刻，可以聽見京香那高亢的聲音。

「好耶！要去哪間卡拉ＯＫ？」

從演歌到動畫歌曲。

京香她演唱的領域廣到難以置信，其歌聲更令人覺得至今還在鼓膜深處迴盪。三小時，實在太久了。

「讓您久等了。」

店員取過我們桌上的號碼牌，取而代之地擺上漢堡與薯條。眼前頓時充滿熱呼呼的香氣。我們各自伸手取過餐點並咬上一口。

「我還想再多唱一點說——」

京香嘴裡含著薯條說道，將司差點噴出可樂，開口吐槽：

「喂喂，剛剛有超過一半時間都是妳在唱耶？」

「咦？有嗎？」

「有喔。只有妳一個人不照順序一直點歌，明明其他三人都是照順序一次點一首呢。」

「咦，真的嗎？」

惠美一臉困擾地點頭，看著吃驚的京香。

「嗚嗚嗚……是這麼一回事呀。抱歉了各位。」

京香裝出哭臉這麼說。

「不過，今天不是要慶祝考試結束嗎？也就是說，在考試中受了多少傷就唱多少歌沒關係對吧？我可是身受重傷喲？在班上也算是少數的重傷患喲？資優生將司就不用唱了，我願意讓你參加就得感激我了。惠美，妳反正也是能輕鬆考到八十分對吧？太過分了……阿明的話……」

我邊咀嚼著漢堡邊答道：

「我的話……應該有個七十分左右吧。」

「……」

京香一臉蒼白、啞口無言。看得出來她的魂魄隨著二氧化碳自口中飄散。

「嗯，好吧。就讓妳唱個開心過癮吧。我准許妳那麼做。」

我總覺得有些抱歉，只好又加上這段話。

店裡的吵雜聲越來越強烈。收銀檯前大排長龍，也有許多客人選擇外帶回家。

「都已經到這時候啦？已經是會人擠人的時間了嗎？」

我取出手機並打開看看時間。

「現在幾點？」

惠美發問。

「四點二十分。」

「今天的『夜』是從幾點開始來著？」

「我記得好像是五點五十八分的樣子。」

我們之間瀰漫著一股「差不多該回家了」的氣氛。

「我們之中誰住的最遠啊？」

將司環視一圈後，惠美舉手。

「應該是我。」

「妳住哪？」

「在新浦安。」

「還挺遠的耶。是京葉線？」

「嗯。要換一次車……回家大約要花上一小時吧。」

將司看著手錶點頭。我也在腦中計算，大家要在「夜」來臨前到家的話，最晚最晚再多待三十分鐘就得離開店家才行。

這時京香卻悄聲說道：

「欸，今天要不要去『夜』遊呀？」

「夜」遊。

我可以感到心臟在一瞬間強烈鼓動。

這辭彙我早已聽聞。我也知道，差不多升上高中後就會有人那麼做。說真的，我對「夜」遊有興趣。同時，心裡某處也會跟著響起警報聲。

那實在是太危險了。

別在「夜」裡出門。從雙親到老師，以及各式各樣的大人都會對我這麼說。而我家更是特別嚴格，小學時只要不在「夜」來臨的前一個小時回家，就得承受雙親的猛烈怒火。

雙親不僅如此對我叮嚀告誡，他們也是會在「夜」前就返家的人。特別是母親愛操心，當父親回家時間晚了點，她就會擔心地站在玄關從來往的人群中尋找父親的身影。父親只有一次入「夜」後仍未回家。好像是因為工作上出了什麼麻煩，得晚三十分鐘才能下班。我記得很清楚，母親抱著好不容易走路回來的父親痛哭流涕的樣子。雖然孩提時代心裡會想——那未免也太誇張了。

懼怕「夜」。

別在「夜」出門。

「夜」並非人類可進入的世界。

在小學時代還會乖乖相信的說法，一成了國中生就會萌生反抗心理。如今當上高中生，對其更能一笑置之。這麼迷信真是太愚蠢了。一點也不科學。「夜」不就沒什麼大不了的嗎？只是日落後世界變得一片黑暗罷了。

所以，對於京香提議要「夜」遊這一點，我一點也不覺得恐懼。之所以不馬上贊成此提議的原因，在於不想讓雙親擔心的這份心意來得比較強烈。

「妳說要『夜』遊？不行不行，我會被罵得很慘。妳也知道我家兩老很過度保護小孩子的吧？」

最先回應的是將司。

嗯嗯，對啊。我也跟著點頭附和。

「放心。只要大家說好是來我家玩的話就沒問題囉。」

「去京香家裡玩？」

「對。我家今天都沒人呢。雙親跑去旅行人在國外，老姊也住在她男朋友家裡。只要大家串通好是來我家，就不會被發現吧。藉口只要說是想慶祝考試結束，大家一起玩，這就ＯＫ了。反正那又不全都是謊言。」

京香將她那對小眼瞇得更細而笑著。

「什麼啊？難道將司你會怕啊？」

「不是啦，不是我怕不怕的問題啦。」

將司拚命揮著手否認。

「將司想不到還挺膽小的呢。怎麼？難道你是那種相信『晚上』會有妖魔鬼怪出現的人嗎？」

「不是啦。我們在說的可是『夜』耶？」

「所以呢？」

「所以啦，就算是那些不信神佛的人，也不會隨便在神社丟垃圾不是嗎？雖然他們不是真的擔心自己因此遭到報應，但也不會刻意冒險呀。這兩件事是相同的道理，總之就是這樣。別在『夜』外出就對了。要是有個萬一那可就糟了，我說真的……」

將司說話的速度突然變快。身材高眺的資優生慌張的樣子，有些有趣。

「所以呀，就是因為這樣，才會想去確認『夜』裡是不是真的有什麼嘛？」

京香一邊不懷好意地笑著，一邊繼續進逼。

「啥——？做這種事會有什麼好處？沒有吧？」

將司不安地看著我。

「不過聽起來好像有點好玩呢。」

就在我打算開口時，惠美搶在我之前說道。

惠美臉上綻放著惡作劇般的微笑，雙眼閃閃發亮。可以瞧見她潔白的牙齒。難道惠美她喜歡這種遊戲嗎？我有記憶曾見過京香與惠美兩人說著鬼故事，一副不亦樂乎的樣子。

「夜」遊。還與惠美一起。

我的腦內展開一小段妄想。這讓我覺得，在黑暗中與惠美一同談天說地這種事，應該挺快樂的。

「不愧是惠美。對吧對吧，在『夜間』外出，根本就非常刺激好嗎？一生中都該經驗一次喲。對吧，阿明？還是說你也會害怕呀？明明就是個男人。」

京香興致勃勃。

「我還真有些想試試看。」

我回答了。

「不愧是阿明，男人就是得這樣呢。將司你看吧，你打算怎麼辦？事情都發展成這樣了，難道你還打算畏畏縮縮的嗎？是說如果你不要的話，不來也沒關係啦——」

京香不斷慫恿將司。這下完全照著京香的步調在走，將司吞了一大口口水。

說真的，我也不喜歡事情就這麼按照京香所想的發展。可是，在惠美面前可不能讓她看到自己蹩腳的一面，沒錯。

就在我這麼想時，不小心與惠美兩人視線相會。惠美稍微點頭而笑，像是在說「怎麼了嗎？」我有種心底被看透的感覺因而感到害羞，以指尖玩著手邊的糖漿球。

「不過，那還是很危險耶。如果在一片黑暗裡受傷的話……」

將司持續抵抗，京香繼續說服他：

「只要別去那麼危險的地方就行了呀。你要是走在未開發的原生林裡，說不定真的會受傷啦，可是去附近的公園，或是去超商買點酒來喝著玩完全不會有事。很安全的。」

「咦？酒？我們未成年還不能喝酒耶。」

「將司，你這個人真的很一板一眼……喝的東西管他是果汁還是茶隨便都可以啦。只要不被發現就行了呀。入『夜』之後，就連警察都不會出來巡邏呢。」

「但是……」

「放心啦。我家老姊她呀，從國中就開始在『夜遊』了喲，而且還去了好幾次。爸媽一開始當然會生氣，後來就放棄不管了。她說『夜』很安靜又浪漫，還說去過就會上癮呢。當然囉，她沒一次是受傷回來的。」

「嗯——」

都被說服到這地步，看來將司也沒其他材料可反駁了。

「一個人出門當然會害怕呀，但是只要大家一起出門就不可怕囉。紅燈時只要大家一起過馬路就不可怕囉。」

京香甚至搬出一句莫名其妙的標語。管他單獨還是大家一起，紅燈可是闖不得的。

「嗯，說的也是啦。」

將司這下也屈服了。

「呀呼。真是太好了呢，惠美。今天就大家一起開開心心地玩吧。」

京香開心地抱住惠美。惠美那小小的身子被緊抱著縮成一團，有點傷腦筋地露出微笑。說實話，我好羨慕京香。換我來抱她吧。

抬頭看著被夕陽染得火紅的天空，可聽見自遠方傳來、帶著金屬質感的廣播鈴聲。

接下來便聽見毫無抑揚頓挫的女聲：

「這裡是　這裡是　這裡是……」

言語在街道上迴盪擴散。也許有考慮到這原因，每天都聽得見的熟悉通報廣播都會隔一段空檔才接下去繼續說。

——這裡是武藏野市公所。在此向各位市民通知，離「夜」來臨還剩一小時。再重複一次，離「夜」來臨還剩一小時。請各位留意，務必在「夜」來臨前返家，並請勿在「夜」間外出。此外，如於「夜」間發生事故，請聯絡專用的緊急通報專線。懇請各位市民多加協助配合，謝謝——

「謝謝　謝謝　謝謝……」

廣播聲宛如回音般漸漸遠去消逝。

「洩洩　洩洩　洩洩……洩洩指教。」

京香像在開玩笑似的模仿廣播的口氣。

「哎呦，妳在說什麼呀？」

「我覺得洩洩指教挺有趣的。」

京香一臉正經地裝傻。惠美竊笑。

我與將司跟在這兩名互相逗著玩的女生後面。男性成員負責提東西。我提著裝有大量點心零嘴的塑膠袋，將司則提著飲料類的袋子。不消說，酒當然有買。將司氣喘如牛。

「喂，阿明。」

「嗯？」

「……等到了下一根電線杆就換手啊。」

「好啦好啦。」

這應該是我第一次在超商買這麼大量的物品吧。一個不小心，說不定會是我人生第一次也是最後一次。對於將司問起「有必要買這麼多東西嗎？」的時候，京香以

「如果不夠吃的話很不方便吧？」為回應堅持到底。入「夜」之後，連便利商店都不會營業。因為東西買不夠多，在「夜」裡淪落到餓肚子的下場還真的挺討厭的。因為在場的是四名食欲旺盛的學生，多準備一點說不定正好。

從一般常見的洋芋片、仙貝、爆米花，還有堅果跟香腸，還買了牛肉乾之類的下酒菜。其他像是裡頭沉有謎樣物體的果凍，以及外觀色澤奇異的麵包都有。聽著各式各樣食品包裝袋互相摩擦的聲音，我心裡有些雀躍。

大家一起到某處探險。有如小學時代所體會過的心跳加速感。這番滋味雖已久違，但我覺得還不賴。

不久前我曾這麼想過。我日復一日都走在同一條路上。學校、車站、家、書店、商店街。當自己逐漸習慣後，就會找出近路或是移動效率好的路段，只走著那麼幾條路線。如果將自己的移動路徑畫在地圖上……想必只會有相同幾條路徑上色，整張地圖僅僅一部分會被塗得漆黑吧。

在我發現這點時，心裡神祕的反骨精神就此覺醒。世界上存在著無數大道，只固定走那麼幾條路並不好。於是我會積極地繞遠路、探索其他地區。在走慣的路線上第一次轉往不同方向時，感受心中那股高昂情緒，路上景色令我感到非常新鮮。我四處張望而行，自己居然不知道，在平常行走路線的另一頭竟有著如此美麗的世界。

現在就跟那時相同。

「夜」每日都會降臨，但我連一次在「夜」裡外出的經驗都沒有。因為自己將其視為禁忌，連想在「夜」間外出的念頭都不曾萌生。

心臟噗通地跳。那會是個怎樣的世界呢？

「喂，阿明。」

還有一小時。再過一小時，我將踏入未知的世界。美好的預感在我體內膨脹。

「我在叫你啊，阿明。」

肩膀砰地被拍了一下。

將司看著我。

「嗯？啊，什麼事？」

「換手了，拿去。」

將司指著電線杆說道。

我嘆著氣抱起放在地上的塑膠袋。裝滿飲料的袋子，其重量重到令人吃驚。

過了下午五點。

絕大多數的公司在下午四點即會中止營業，現在正值下班潮。

街上滿滿的是從公司下班到回家這短暫時間裡採買必需品的人，或是趕著返家的人。

「夜」間外出一事並未受法律禁止。如果真的想要在晚上外出，那也是當事人的自由，並不是什麼會遭受苛責的事。

但在「夜」裡發生什麼事，全都得自行負責，而且最嚴重的是幾乎所有社會組織在「夜」都不會運作，這才是問題所在。所有商店，餐飲店就不用說，警察機關、醫院在「夜」都處於業務時段外。在這之間如果發生了什麼事可就麻煩了。不僅求助無門，更沒人會來幫你。

「夜」就是得乖乖待在家裡。

反正沒事可做，就早點睡等待「早晨」來臨。

這是每家每戶都會教導的常識。

但如果發生急病等情形，可請每個都道府縣皆設有的數個特別指定夜間團體幫忙。然而，這些特指總是異常忙碌，事實上根本幫不上忙的評價更是臭名遠播。

因此在「夜」來臨前回家比較好。

這句話有著不讓麻煩降臨在自己身上的意涵在，要是他人出事的話自己也麻煩。

一旦有人在「夜」裡外出碰上麻煩，特指裡十分不充裕的人手就得分散到該處去。如果那時自己突然有急病可是再糟糕不過了。

因此，「夜」裡在自家平靜度過，幾乎是市民習慣成自然的義務行為。就像不在住宅區大聲喧譁、優先禮讓博愛座等規範之一。而不遵守規範的人會被以嫌惡眼光看待，根據情況不同也會遭受斥責。

「我們得小心一點，別讓其他人看到我們一群小孩在傍晚外出、跑來盤問我們才行。不然會很麻煩的。」

京香會那麼說也是很正常的。

「就算妳那麼說，要是警察過來問話要怎麼辦啊？」

將司不安地說。

「就說我們現在正要回家就好了吧？」

「那麼說沒問題嗎？」

「總是會有辦法的，會有的。」

在來到這裡的路上，我們已經被一位爺爺說「喂，你們幾個。趁『夜』來之前趕快回去啊。」那時我們雖然隨便點個頭敷衍過去，但將司會這麼擔心也沒辦法。

然而，與我們擦身而過的路人並不覺得我們形跡可疑。可能是因為他們自己也都集中在要趁「夜」降臨前回家一事上吧。

突然發現一群行為詭異的團體。

也不是說他們哪裡特別奇怪，只是他們那種提防四周的走路姿勢，以及不趕時間的樣子，就是特別顯眼。給人一種好像要幹些什麼壞事的感覺。他們一定跟我們是同類。

京香好像也發現了什麼，而定睛凝視著那一群人。

「啊，那不是裕也他們嗎？喂——裕也！」

那一行人隨著京香的叫喚聲回頭。

那眼角下垂的明顯特徵，以及那頭要長不長的長髮，一定是同年級的裕也沒錯。

「什麼啊，是京香啊？別嚇我行不行？」

與裕也同在的還有達彥與澄夫的身影。身材高眺且皮膚偏白的是達彥，矮小且眼角上吊的是澄夫。他們是三人常混在一起的熟悉班底。

「什麼啊是怎樣，都這時間了，你們還在做啥？又在玩生存遊戲嗎？」

那難道是夜視設備嗎？澄夫身邊提著一個附著黑色裝置的望遠鏡。達彥則拿著一架大型相機。也是個看起來很奇妙的裝備。

「我早就從生存遊戲畢業了啦。那個不是小孩子在玩的玩意嗎？」

「嘿，前一陣子才玩得那麼開心的人，還真敢說呢。那不然是什麼？難道……你們在搞偷拍？」

「不、不是好不好！」

裕也誇張地否定。

「你們才是在幹麼咧，快點回家啦。」

「不不，今天我們也是有點事才會來這邊呢——」

「有事？看那堆東西……難道妳們也打算要『夜』遊喔？」

「你說呢？不過，我們可是還要來得健全許多喲。我們只是要清新、正常地飲酒作樂而已。你們則是在『夜』裡偷拍。直往變態大道上去呢——」

「我說妳啊……」

裕也眉毛一抖一抖。就沒來由地惹毛、挑釁他人這項功夫而言，無人能出京香其右。

「沒辦法，只好特別告訴妳了。不過這可是祕密喔？」

京香一臉好奇地貼近音量變小的裕也身旁，我們也下意識地豎耳聆聽。

「我們要去看『死人』啦。」

我們有一瞬間因為不知其語彙意思而呆愣住。

「你們不知道嗎？聽說在藤崎臺的森林裡面上吊的話，可以不感到痛苦地死去耶。那在自殺情報網站上還成了熱門話題。」

「自殺情報網站？你們都在看那種東西喔？」

「我沒有打算自殺喔。只是想蒐集相關資訊才去看而已。」

「喔喔，『死人』指的就是屍體啊……那……你們就是要去看那邊有沒有人自殺囉。」

「差不多吧。因為我賭今天晚上有很高機率會有想自殺的人在那出現。這種秀，很少見對吧？雖然在網路上，死人的圖片或影片要看多少有多少，但真貨可是難得一見咧。」

裕也不懷好意地笑道。

「真是低級。」

京香一臉不悅地啐道。惠美也皺著眉頭。原來如此，就是為了那個才會帶上照相機和夜視鏡呀。這種把人類死亡當成玩具看待的想法，我也有些難以理解。

「像你們活在和平溫室裡的人是不懂的啦。不過啊，像這樣寫實的東西才會刺激啦。反正又沒造成其他人的困擾，又沒關係。好啦，知道我們要幹麼之後你們就快走，少在那邊礙事。」

裕也做出趕人的動作後，就帶著達彥與澄夫走向藤崎臺那去。想必他們是做過充分準備後才來的吧？其服裝都統一成能融入夜色的黑或茶色運動服，可以深深體會他們認真的程度。

「反正不管怎樣還不是跟偷拍一樣。」

京香不以為然地嘀咕一聲。

我數著自手機傳來的撥號聲響。在響了七回左右，母親接起電話。

「喂，您好。這裡是高田家。」

是在準備晚餐吧？聲音聽起來挺忙碌的。

「啊，是媽媽嗎？是我啦。」

「是阿明啊，怎麼了嗎？今天不是因為考試，會早點回來的嗎？」

「嗯，因為考試結束了，我跟朋友在一起玩。」

「是嗎？記得要適可而止喲。不早點回來的話，就要變成『夜』了喲。」

「關於那件事——」

我向母親說明今日要住在京香家裡一事。可以感覺到母親在話間回應時，聲調漸漸變得不滿而降低。

「惠美還有將司他們也在，想說就大家一起來玩這樣。」

我心想讓正值青春期的男女共處一夜——這種情形可能不太妙，所以才加了上面那段話。然而母親所在意的並非那方面。

「不過，要到『夜』了呢。『夜』裡還跟那群朋友在一起……」

「放心啦。我們會待在京香家裡，不會外出的。」

我撒了謊。

「嗯——可是……」

話筒另一端可以聽見某人的聲音，好像是父親與母親兩人在交談。看來父親已經回到家裡了。

「咦？嗯，是呀……好吧，你都這麼說了。」

聽得見父親與母親交談的聲音。比起母親愛操心的樣子，父親其實是格外採取放任主義的人。他認為小孩子就是要冒險才會成長。在決定志願的時候，說要我去其他外縣市高中就讀，體驗一人生活的也是父親。雖然此事後來因母親強烈反對而遭駁回了。

「……是呀，阿明也已經是高中生了呢。嗯，是呀……」

可以感覺出在電話另一端的母親其緊張情緒逐漸和緩。一定是父親出手相救的。覺得難受時願意放我獨處的父親，寂寞時願意搭理我的母親。就在我感謝他們兩人的父愛和母愛時，母親的聲音突然變近。

「爸爸也特別准許了，你就去玩吧，沒關係。」

「謝謝媽！」

我以手指做出ＯＫ手勢，秀給擔心地看著我講電話的惠美以及京香看。

「不過，說過的話要好好遵守喲。你已經是大人了，我相信你也懂的，絕對不可以在『夜』時出門。有人來敲門的話也不可以開門，因為不知道來敲門的是人還是其他東西呢。總之『夜』不是屬於人類的時段，而是屬於人類以外的其他東西的。這點要分清楚。要吵要鬧是可以，但不可以太超過喲。那樣的話也會吵到其他鄰居……」

「嗯嗯，我知道啦。」

母親更加嘮叨地繼續說下去。

「跟朋友在一起的話可能會很興奮我知道，但是要出外探險這種事可是嚴格禁止的喲。之前報紙上不是也有報導有人被『夜』吞噬了對吧？」

「不是新聞而是週刊雜誌啦。那個就不用在意啦。」

「不行。你對這種事情總是馬上就掉以輕心。總之那一定很危險，記得要小心就對了。知道嗎？」

「嗯，妳放心啦，放心！那明天見囉。」

當我這麼說時，母親嘆著一小口氣掛斷電話。彷彿可以看見母親將話筒掛回電話，還一邊說著「這孩子真是的，真的有聽進去嗎？」的樣子。

「阿明你那邊也獲得許可啦？」

「嗯，完全沒問題。」

我說著一邊收起手機，京香嫣然一笑。

「我這邊也沒問題。」

惠美如是說。她好像光靠簡訊聯絡就完成與雙親交涉一事。只剩將司了。將司倚靠在住宅牆上，以手塞住左耳，右耳貼著手機一直說個不停。看來交涉可能碰到了難關。

「京香，接下來妳打算先去哪裡？」

「那邊。」

京香俐落一指的方向是三鷹山。與其說那是山，倒不如說是座小丘。不過那是這一帶比起平地還要高出一些的地方，在那還能俯瞰吉祥寺的街道，所以才稱為三鷹山。

「我想去吉鷹神社。我家老姊說，要去『夜』遊的話，絕對推薦去那呢。」

「是喔。」

我凝視著位在三鷹神社山腰、矗立於森林裡的吉鷹神社鳥居。

在另外一側，太陽正燒得火紅。再過數十分鐘，那顆火紅的太陽就將沉入地平線的彼端去了吧。櫛比鱗次的大廈拖著長影，將街道塗成紅與黑的線條模樣。紅色的太陽看起來比日正當中時還來得明亮，我眯起眼來。混著橘色與金黃的光線，一照到住宅區的窗戶後碎成了粒子。閃閃發亮、閃閃發亮，連柏油路、路樹、電線杆看起來都明亮發光。那個特別明顯的長方形物體，是太陽能發電板吧。那看起來簡直就像在歡迎「夜」到來似的。我一轉頭看後方天空，不知從哪竄出來紫色與暗藍色色調的雲朵。

好久沒這麼仔細地望著傍晚的街道。真是美麗啊。我還記得自己孩提時代很常望著天空看，但未曾如此感動過。

我忍不住嘆了口氣。

「阿明，你怎麼了？看起來好像有些高興呢。」

有道像鈴響般的清脆人聲。惠美咻地從旁探過頭來。

「咦？我、我有嗎？」

「有。你剛剛笑著在深呼吸呢。」

我的心臟加速跳動。突然被這麼一說，我一時之間不知該說什麼才好。再加上以紅色陽光為背影而笑的惠美十分美麗。那略顯焦色的茶髮宛如光纖般閃亮，白色的肌膚露出一種無法擋住夕陽斜照而形成的濃淡色階。

「沒有啦，就覺得有點幸福這樣……」

「什麼呀，感覺好像老爺爺喔。」

惠美露齒而笑。

我也害羞地笑。

「幹──得好啊！Good job!」

可聽見亢奮的人聲。一回過頭後，發現京香正不停拍打著將司的背。將司高舉著手機而笑。看來全員都獲得了雙親的許可。這下「夜」遊的最後準備就齊全了。

「事不宜遲，那我們就趕快出發囉！」

京香握起並高舉拳頭。

我與將司再度擔任搬貨工。我力不從心地猜拳。

「是阿明輸了。那阿明你就負責拿裝食物那袋就行了。」

「咦？可以嗎？」

「嗯。不過，要在三鷹山前面換手啊。要提著飲料爬那邊的樓梯實在太累了。」

可惡。

「我家兩老挺擔心我的，要說服它們可是累死我啦。」

我與將司坐在吉鷹神社裡的長凳。

「連你家也是啊？」

「嗯。阿明你家爸媽也一樣嗎？難道那個世代的人大家都是一個樣子嗎？」

「說不定、吧。」

我喘著氣讓呼吸平靜回話。

「不過老爸老媽那年代的人，在『夜』不是都能一般外出嗎？為什麼他們會怕成那樣咧？總覺得有些不可思議。」

「說得、也是、啦。」

好累。真的好累。

我提著一大袋飲品毫不停歇地登上吉鷹神社的階梯。京香雖然在前方以快速的步伐領路，但因為她手上並沒拿著東西，所以顯得輕鬆非凡。我雖想出口抱怨個一句，但那反而會讓我呼吸更加難受，所以就忍耐不說出口了。我覺得，這時候如果自己是身為女生、誕生在這世上的話那就太好了。

「嗚哇——風景好棒！」

「傍晚的街景很漂亮呢。」

那兩名女孩悠哉地樂在其中。神社境內，有處像是瞭望臺的地方，可一望下方的街景。我雖然也想瞧瞧那景色，但還是先多休息一會再說吧。我取出手帕擦汗。

「阿明你的爸媽啊，是不是也有說過『夜』裡會有不是人類的東西徘徊，之類的話嗎？」

「嗯……有啊。」

呼吸總算穩了下來。

「那真是胡說八道咧。小時候說的話那還懂，像是做壞事的時候會有五點老爹出來，拿這來罵小孩之類的。不過，我們都這把年紀了，還會說那種話來嚇唬人嗎？」

「那個……五點老爹是什麼啊？」

「阿明你家不會那麼講嗎？我家會呢。五點老爹，感覺就像妖怪的一種。說是五點前不回家的話，會被拐走。我以前可是被那嚇到怕的咧。」

「那個是將司你爸媽自己編出來的妖怪吧？」

「可能吧，話說還有其他功課老頭、蛀牙惡魔之類的。」

「那什麼東西啊。」

「沒寫功課的話，功課老頭就會現身；懶得刷牙的話，就會有蛀牙惡魔跑出來嚇你。」

「那個百分之百是亂編出來的啦。」

「對吧。畢竟我家兩老就很迷信啦，真傷腦筋。」

將司明明一開始對要「夜」遊一事感到不安，不知為何現在卻顯得有些堅強。說不定是他那容易受到影響的個性，以及對雙親的反抗心理兩者混合的表徵吧。

「阿明……你有聽說過嗎？『夜』會把人吞掉這種說法。」

「你說之前週刊雜誌上報導的那個吧？說是『夜』的時候，有好幾名流浪漢失蹤的消息吧？」

「原來還有流浪漢版本啊，反正他們也是無家可歸的人。不過，我剛剛從雙親那聽到的可不一樣喔。說是靜岡那邊，有一家子全部失蹤的案例咧。」

「那什麼啊？」

「說是那個家庭背負著債務，打算在『夜』的時候逃跑。應該是想說『夜』都不會有人，不會被撞見吧。不過那家庭的父母加上小孩三人，卻突然消失了。他們人不在搬家地點，也不在原本住的家裡面。很不可思議的是，家具之類的還依照原定計畫送到新家去了咧。只有人不見了。也就是說在『夜』，他們從舊家移動至新家時……」

將司做出在怪談故事裡常會有的「間隔」，隔了一拍後才繼續說。

「被『夜』吞掉了。」

「那是真的嗎？」

「我老媽說那是從值得信任的人聽來的啦。」

「跟常聽到的那些怪談很像啊。」

「不不不，要說那是怪談的話也太巧了吧。這件事不僅在小孩之間蔚為話題，連大人也在流傳耶。『夜』裡果然躲著什麼，讓人覺得不可能沒有啥東西啊……」

我看著將司的臉。

臉上看起來正在奸笑，但嘴角卻顯得僵硬。

雖然嘴上說個不停，但其實那跟他內心真正想法相左，說不定將司是最害怕要去「夜」遊的人。

「你會怕嗎？」

當我這麼說後，將司變得有些慌張。

「你、你在說什麼啊。我才不是在怕啦，只是……多少會在意吧？」

「喔——……」

「居然說會我害怕？真是蠢斃了。」

將司一臉困惑地微笑後，再也不發言。

——這裡是武藏野市公所。在此向各位市民通知，離「夜」來臨還剩十分鐘。再重複一次，離「夜」來臨還剩十分鐘。請各位在「夜」來臨前返家，以及別在「夜間」外出。另外，在「夜」時如發生事故，請聯絡專用的緊急通報專線。還請各位市民多加配合幫忙，謝謝——

「時候就快到了呢。」

京香有些緊張地說道。

我們在瞭望臺眺望著這一帶。基本上，『夜』會隨著日落來臨。只不過，日本全國以東經一百三十五度線的太陽時刻為基準，在東京的話，「夜」會在日落二十分鐘後來臨。

太陽幾乎已西沉，都看不見其身影了。僅看得見西方天空僅存的餘暉，以及顯得黑暗的大樓。「白日」將結束。我們活動、盯著黑板、工作、聽音樂、讀書、哭著笑著玩耍的時間即將結束。到了這時間，街道正準備進入睡眠階段。為了迎接「夜」來臨，店家關閉打烊，交通機關停擺，幾乎看不見還有人在外頭閒晃。

再過不了多久就是「夜」。時間明明是連續流動不息，性質卻明顯大大翻轉。我們各自感到心裡有股沉靜的興奮，凝視著天空。

嗶嗶嗶嗶嗶。

「這種時候為什麼會有電話來啊，真是的。」

京香取出手機。

「喂，啊，是老姊啊。」

惠美與將司擔心地盯著京香的表情。

「咦？妳現在人在家？妳今天不是要去住外面？咦？啊——妳跟男朋友吵架了喔，唉呀。嗯，我現在人在吉鷹神社，之前老姊妳告訴我的地方。嗯嗯……什麼？」

京香的眉毛突然一抖。

「真的假的？」

難道出了什麼事嗎？我與京香兩人四目相接。我這才想起來自己對雙親撒了謊，心裡的緊張情緒萌芽。

嘟嚕嚕嚕嚕。

手機就像是為了斥責我似的震動起來。我急忙取出手機，電話是母親打來的。

「是阿明嗎？你現在人在哪裡？」

母親聲調明顯與平時不同。現在她的聲音聽來低沉、冷靜。這是爺爺過世時，母親冷靜告訴我這消息時的聲音。

「啊，媽媽……」

「我剛剛打電話去了京香同學家那邊，想說要道個謝讓你去她們家住。結果是她姊姊接的。說是你跟其他朋友都不在她們家……」

與姊姊通完電話的京香在我面前，雙手合十一臉抱歉的樣子。搞砸了。以防萬一，得先與姊姊兩人串通好才對。

「對、對不起。」

「就不用道歉了。阿明，你老實說，你現在人在哪裡？」

「學校附近的吉鷹神社。大家想說要一起玩才來這裡。」

母親那不容反駁的魄力，就算說謊也沒用，我只好放棄。

「你現在馬上回家來。」

她一整個氣在頭上。糟了。

惠美以及將司擔心地看著我。

「不過，馬上就要入『夜』了……也沒電車可以搭了。」

「那你就去學校吧。進到學校後把入口堵住，把自己關在學校裡盡可能撐到早上。

或是去車站也可以。總之找個可以把自己關起來的地方。如果有民家願意讓你躲那也可以，不過一般民家到了『晚上』應該是不會開門讓你進去的。還有，一旦發生什麼事的話，就立刻聯絡我。打我的手機就行了。」

「『夜』時手機打不通啦。」

「啊，對喔。那這下該怎麼辦呢？現在聯絡警察的話，警察會幫忙保護你嗎？唉喲，你這孩子真是的，讓父母親煩惱、操心，而且還對爸媽說謊，我可不記得我有那麼教育……」

母親聲音變得歇斯底里。就在我那麼認為的瞬間，突然傳來沙沙沙的聲響，電話另一端的聲音換了人。

「……我是爸爸。阿明，你這傢伙還真叫人傷腦筋啊。」

可以聽見母親在後頭還在抱怨個不停。

「算啦，我在你這年紀的時候，也是不會聽父母親規勸的人啦。」

一股嘆息聲。

「……爸爸。」

「算了，都到這份上了也沒辦法。對父母說謊的事我不追究，就當作那是你獨立心的一種表現。不過啊，自由的行動都會伴隨著責任。『夜』接著要到來了。你一定要平安無事回家來。那才算是負起責任。你懂吧？」

「……嗯。」

「我的建議是，你說不定可以走路回家。就這點距離走個幾小時應該到得了。我會醒著，隨時都幫你開門，放心。只不過，『夜』時你不知道會發生什麼事。你要按照現場情況冷靜判斷該做些什麼。懂嗎？」

「嗯，可是──」

我一面聽著，一面止不住自己想要反駁的心情。

「怎麼了？」

「可是這樣會不會有點太誇張了？」

「什麼太誇張了？」

「就是爸爸你們的反應啊。因為『夜』不過就是變暗了點、人們不會活動而已不是嗎？有很多人會外出『夜』遊，也有人在家裡用充電電池玩遊戲。我認為那根本沒那麼危險。」

總覺得我自己好像惱羞成怒，太幼稚了。雖這麼認為，我還是繼續說下去。

「我也覺得說『夜』裡會有什麼東西在，根本只是迷信罷了。說不定會有可疑人士或小偷在外遊蕩，但我好歹也是個健康的十六歲男生啊。是最有精神元氣的年紀。你說那些沒飯吃、身體虛弱的流浪漢會被攻擊我懂，但是我們啊……」

「好啦，我知道你想說什麼。」

父親打斷我的話。

「但是，人類不涉足的地方、人類不去看的地方就會形成黑暗。我指的不是相對於明亮的那種黑暗，而是在人類認知以外的暗處。那種地方啊，就像人類世界裡開的一個大窟窿一樣啊。在那種地方，會有很多妖魔鬼怪棲息。一旦到了晚上，鬼怪就會甦醒，一旦妖魔沉眠，『早晨』便會來臨，我們跟著醒來。世界就是這樣維持平衡，我以前雖然也不懂，直到最近才能理解。」

「是嗎？我一點都搞不懂耶。」

「總之，不管發生什麼事都別慌張，盡自己最大的力量去解決。你是我的孩子，辦得到吧？」

「可是……」

嗶——

手機突然響起一陣機械音，我下意識地將手機拿遠離耳邊。擴音器傳來無機質的人造音響。

「……由於現為『夜』時分，或是您處於訊號圈外，現在無法通話。請您於『早晨』來臨，或是移動至訊號圈內後重新撥打。這裡是NTT。由於現為『夜』時分，或是……」

我看著手機畫面，上頭的訊號強度顯示為圈外。

「夜」來臨了。

——一入「夜」，某處將有魔物甦醒——

就連父親都那麼說。他果然太瞎操心了。我覺得有些焦慮，收起摺疊式的手機。響起碰地好大一聲。

「你還好嗎？」

我對出自擔心而問我話的將司如此回答。

「家裡的人叫我看是要去把自己關在學校，或是直接走路回去。」

「真的假的啊？這下完全露餡了嘛。」

「…………嗯。」

「阿明，對不起喲。都是我沒跟老姊兩個人先串通好害的……」

京香顯得愧疚。我則是刻意地發出開朗的聲音。

「不，那也沒辦法。沒關係啦，我爸媽就愛瞎操心。我就想早晚都會穿幫，這樣我反而還比較舒暢咧。」

「是、是嗎？那樣的話就好……」

沒錯。而且，只不過是去「夜」遊，說得好像是要犯下什麼滔天大罪似的，這讓我有些無法信服。我不偷不搶又不傷人。他們真是太神經質了。

我對雙親那個時代的理解太過稀少。話說，當我第一次去到遊樂中心時，好像被罵得很慘。

我才不記得我有教出一個孩子會去那種浪費電力、全是一些不良少年在鬼混的地方。

我依然能回想起母親那尖銳的說教。她到底對遊樂中心抱持著多少偏見呀？難道那裡在母親心中的形象，盡是些混幫派的人，和幫派進行毒品交易的地方嗎？

我哼一聲嗤之以鼻。

這下我無牽無掛了。「夜」遊是吧？放馬過來。

「大家，你們看！」

可以聽到惠美大喊。

「你們看街道！」

她指著眼下區域。我們也跑向瞭望臺邊，眺望著整個城鎮。

太陽西沉，在一片暗藍色的世界裡還有幾處亮著白光。在上頭一閃一閃的是星光，在下方綻放著五顏六色色彩的是家家戶戶的照明。吉鷹神社被夾在上下之間，令人以為自己被流放至了宇宙空間。

「那個綠色的東西是什麼呀？」

「應該是交通號誌吧？看，變成黃色的了。」

「好漂亮。」

紅、藍、綠、黃、白。人類所創出的各式燈光，在某處就像散落的寶石，在另一處整齊規則排列存在。紅光變成綠光，漆黑中生出白色光芒，定睛一看可以發現各道光芒全都發暈擴散成星光狀，融合交織成複雜的色調。有種像在觀賞宇宙誕生的心情。

「啊，消失了。」

在我們的眼前，有一區塊的光亮全部消失、被黑暗包圍。那一區塊應該是吉祥寺東町吧。包含交通號誌，所有燈光全部消失，就像開了一個昏暗的大洞。

其鄰近的區塊。隔了一個再過去的區塊，緊貼地平線的區塊，在約有數十秒的時差後，其光明依序消去。

每日的「夜」來臨時刻皆由經濟產業省設定，日曆上一定都會記載當天的「夜」何時開始。但我也知道，那並非是全部電力關閉的正確時間。雖然我不清楚那是因為送電上的關係，還是管理上的制約之類的，電力會在某種程度依照區塊分成數個階段中止供給。

於吉祥寺東町而生的暗黑大洞逐漸擴散，依然光亮的地方就像浮在大海上的小島。不久後，就連小島也遭黑暗吞沒，從瞭望臺望過去的景色全染成一片黑。

眼皮裡還烙印著街上光明的殘像。但那份光亮也逐漸消逝褪去。雖身處黑暗中，但剛剛還清晰可見的街道模樣卻突然化成一片漆黑。會讓人誤以為且產生存在這地球上的大地僅有這座三鷹山而已的錯覺。其他的地面都因地殼變動而沉陷，沉進深不可見的黑暗地底。

「好漂亮的星空！」

聽了京香這話，我抬頭一看。

「哇。」

禁不住發出一聲驚嘆。

是一條銀河。夜空裡有著無數星星，其密集程度讓人覺得星光相擁一點也不狹隘。

「……原來是這樣，所以才會說是銀河吧？」

這句不知由誰說出的話，我也點頭認同。以河川來譬喻這幅景象恰如其分。雖然銀河指的是從旁眺望銀河系所形成的景象，看了這風景後也禁不住信服認同這就是銀河。

也看得到在地理課上認識的星星：織女星、牽牛星、天津四星（註1）。一等星看來的確格外明亮無比，但其他星星也十分光亮閃耀。想不到天上居然會有這麼多星星。

簡直是片星光從天而降傾瀉的夜空。

「這裡果然是個值得推薦的好地方。京香的姊姊推薦這裡真是太對了。」

將司深吐一口氣後，這麼說道。

「對呀——其實夜空在家裡也看得到，不過像這樣抬頭仰望卻有不一樣的感動呢。晚點得向老姊道謝才行。」

雖然沒有月亮在，但眾星的熠熠星光就足以感到明亮。可能是眼睛逐漸開始適應了，感覺街道的剪影看起來像是一片灰。

街道也開始緩緩入睡。

一切相當寂靜，甚至覺得有些神聖。

註1　即組成夏季大三角的三顆星。

「各位，飲料都準備好了嗎？」

我們各自將飲料高舉。

「那麼就來好好慶祝期中考成佛，以及我們的友情！還有，這片美麗的夜空——乾杯！」

妳是哪裡來的宴會幹部啊。聽著京香那莫名熟練的敬酒辭，我們互相碰了飲料瓶後，將裡頭的液體灌進喉頭。

「嗚哈——好喝啊！」

京香打聲嗝排掉食道裡的空氣後，擦了擦嘴角的泡沫。明明其他三個人喝的都是無酒精飲料，唯獨自己一個喝起啤酒。不知道她到底是個女高中生，還是個老頭。或許兩者都是也說不一定。

「啊啊，大量運動後喝這個果然好喝啊。」

將司看著我而笑。的確，碳酸飲料會讓火熱的身體感到清涼暢快，相當爽口。

「這個啊，如果再更冰涼一點的話就很棒的說。」

「京香……妳說那話完全就是老頭子了耶。又沒辦法，我們去買東西的時候，都已經要關店了。或許那時候冰箱的電源早就被關掉了。」

「為什麼將司你要幫便利商店說話啊？便利商店就得像它的名稱一樣，隨時都得提供冰得透心涼的啤酒才對呀？」

「哪能有什麼辦法啊？想在晚上喝冰啤酒的話，只有那些家裡有高級冰箱的有錢人辦得到啦。」

「庶民只能去冰嗎？」

「庶民只能去冰啦。順帶一提，我家是用寶特瓶來代替冰箱的。也就是用白天的電力先冰好，拿那個來補足晚上的冷藏能力就行啦。寶特瓶冰塊十分派得上用場。在冰上加點鹽是小訣竅，溫度就會下降喔。惠美妳們也試試看嘛。」

「啊，我家其實有儲電式的冰箱……」

「咦？惠美妳家冰箱是儲電式的？難道惠美妳是有錢人家小孩？」

惠美一陣苦笑。

「不是啦，我家是藥房。因為有的藥品需要冷藏保存，因為工作的關係只能在家裡準備一個儲電式冰箱。不然東西就不能賣了。」

「喔——原來如此啊。藥房也不能像超市或便利商店那樣，只進當天要賣的商品數量而已呢。」

「嗯。爸爸還說過，藥是很貴的商品呢。最近藥品價格高漲，也是因為有那樣的成本加諸在上的緣故喲。」

「基本上，只要有儲電式這名字的東西，就多少會變得很強大呢。」
「啊啊，庶民那令人辛酸淚流的努力啊……」
將司與京香感同身受似的說道。
因為我家與職業無關，就有著儲電式冰箱，害我有些尷尬。我還是別多嘴好了。
一說出來絕對會遭將司與京香全面抨擊。
「啊——啊，我好想加入自衛隊喲。」
京香一聲嘆息。
惠美不禁側目。
看來她不懂京香言下之意，而顯得有些困惑。
「因為自衛隊立場跟特指一樣，也有獨立發電系統。聽說隨時都能喝到冰飲料的樣子呢。」
我補充道。
「因為那種理由報名入隊一定會被刷下來的吧……」
將司傻眼說道。
「不過『夜』真的很舒服呢。來這一趟真是來對了。」
惠美笑咪咪地。

「對啊對啊，比想像中還來得舒適不是嗎？讓人懷疑為什麼以前要怕成那樣子咧。」

將司一面將零嘴放入口中說道。

「嗯嗯。以前的人可是也會稀鬆平常地在『夜』外出呢。」

我點頭認同京香的發言。

開始導入「夜」制度是在十九年前。

聽說在那之前，人們也會於夜間外出，在夜裡也有不少的店家營業。

「現在聽起來可能有些難以置信，我跟你爸第一次約會就是在晚上呢。」母親曾語帶懷念地這麼說過。這對身為「夜」世代的我們來說實在難以感受，但以前的電影或動畫的確會有那麼樣的場景。

能源危機。

二十年前發生的世界規模大事件，為這個以發電資源為主、仰賴輸入的國家帶來了巨大的變革。

以第三次石油危機引發的原油價格高漲開始，為了補足石油短缺之資源分量，結果便是石炭、天然氣、鈾礦等資源價格大幅攀升。

如果問題只停留在資源價格攀升這點那還算好的。其中更有實施封鎖式經濟、實際上採取禁止輸出政策的國家出現。以火力以及核能發電供給電力需求的日本，在一瞬間陷入電力危機。

在多次節約能源要求、摸索新的替代發電方式、電力公司苦撐哀號、投入公家資金等等，歷經曲折後所導入的便是「夜」制度。這是種將日落至日出為止這段時間定義為非人類積極活動之時刻，停止絕大多數電力供給的制度。

以開啟電燈為首，在「夜」間無法使用各式各樣的生活家電。商店也因不會有客人上門而停止營業，企業也因無法使用電腦而停止業務運作，通訊器材以及基地臺也會停止運作，所以無法發揮其功效。這就是人們什麼也不做，只管入睡的「夜」時段之始。很久以前也有過這種時代，或許可以稱得上是復興而非開始。

當時以經濟界為中心，曾強烈反對這種制度，但當代的執政黨主張「不便之處應由全體國民平等負擔」，也因未有其他顯著的替代方案，「夜」制度就這麼受到國民支持而導入。

——這雖然是結果論，但我覺得當時政府所做的判斷是正確的呢——

政經教師・半田兵太郎這麼說過。

平（Hei）時（Ji）的判（Han）事（Ji）。這是老師針對導入「夜」制度後所產生的意外影響所發明的一句諧音話。平（Hei）：平均壽命增長。自（Ji）：自殺率下降。判：犯（Han）罪率下降。事（Ji）：事故發生率下降。

——基於這幾點，反倒可說「夜」制度出乎意料地為生活帶來良好影響。在勞動時間必定受限的情形下，無疑是對這壓力社會踩了煞車啊。規律的生活、早睡早起。無法工作到很晚，也不能喝酒應酬。憂鬱症和自殺行為也變少了，魯莽的酒後駕車也跟著變少。或許這樣才會更專心開車吧，連交通事故都變少了。犯罪事件也一樣少了許多。請看講義的第五個圖表，大家可能會認為這麼一來，將導致警察難以管制到的地區犯罪率上升，但諸如竊盜等輕刑犯罪率卻明顯降低了。此外，那些緊急病患或是火災等事故通報會容易處理不及，因此相關死者人數也跟著提升。但就整體來判斷的話，可以說日本人反而獲得了比以前還更加健康的生活呢——

我想起了自己打瞌睡度過的政經課內容。半田的聲音就是這麼催眠。

半田他一定是為了我們能在考試中能考取好分數，才會教我們像是「平時的判事」等這種諧音語彙吧。與他的用意相左，我們則是用了半田的名字新創了個叫「半田老頭」的諧音語彙，這諧音語彙反而更加廣為流傳。

不過就結果來說，我有記住半田所講的，那就好了吧？

「不過會在『夜』外出的世代，居然會比我們還害怕『夜』，總覺得很奇妙呢。」

京香如是說。

「說的也對啊，到底是為什麼咧？」

將司嚼著乾魷魚絲應道。那對我來說也是相當不可思議的。一提到大人們懼怕「夜」的樣子，我只會覺得異常。說不定他們懼怕的是過去「充實華麗的夜晚」與現在「任誰都不踏入的夜晚」兩者間的鴻溝。

「應該是年紀大了之後就會變得消極吧？」

「有可能。不過啊，在『夜』玩耍是還可以，工作的話那還真厲害耶。」

「是啊。聽說那個叫做『加班』呢。」

「我知道啊，電視上不是很常提到嗎？說現在的年輕人是群不知『加班』為何物的世代。我也不是自己喜歡才出生在這年代，真希望他們別替我們亂分類。」

「嗯嗯。要說的話，我真想對他們說，你們才是不知道『徵兵』為何物的年代吧。在出社會之前就要被那麼說，還挺討厭的呢。雖然還有些懵懵懂懂的，但就是會有一種被批判的感覺呢，而且我們還沒得回嘴。在我們出生以前，社會就是這樣了哪有什麼辦法啊？這該怎麼說呢？要比喻的話，就像玩牌的時候對方一贏就逃之夭夭這樣？好像不太對？」

「嗯。我總覺得那個就是不太對……」

「但是現在不是有在研究自海水汲取資源的方法嗎？一旦該方法實用化後，說不定『夜』制度就會消失，『加班』就會復活了呢。」

「啊——是說從海水抽出鈾能源的方法吧？報紙好像有報導過的樣子。不過我不希望『加班』復活呢，我不睡上八小時就活不下去啦。」

「京香妳睡太多了啦，上課的時候妳明明也一直都在睡覺。」

笑聲。

我們自由地吃著喝著買來的東西，隨意暢談發表對大人們的抱怨意見、或是同班同學的壞話。

真是一段快樂的時光。

沒人發現，這片黑暗變得更加濃密。

「呃——咦？」

我想說再吃上一片巧克力餅乾而伸手拿取時才發現。

看不大清楚。

多種點心零嘴就擺在自己眼前，但我看不大清楚哪個才是巧克力餅乾的盒子。眼前存在著許多黑色塊狀物體，好不容易才分清哪個是餅乾盒。

我突然覺得有些不安，所以環顧了周圍一下。惠美、將司、京香，你們在哪？

「阿明，你突然那麼慌張是怎麼啦？」

可以聽見京香的笑聲，我鬆了口氣。看來她就在附近。我定眼一看，可以瞧見看似京香的黑影。

「你們不覺得好像變暗了嗎？」

好像經我這麼一說後，大家才發覺這回事。

「咦，真的耶。剛剛東西明明還能看得很清楚呢。」

「太陽都下山了，還有可能會變得比這還暗嗎？」

我對將司這段話也覺得不可思議。但是光亮減少這點是很明確的事實。一切看來就像場黑白電影，但是原先清晰可見的樹木或神社外型如今卻都模糊不清。萬物的外型全都化為深黑色，互相交融混合讓輪廓變得曖昧不清。我雖然能勉強辨別出京香他們，但並非是我瞧得見他們的臉才有辦法辨別。我從身形還有動作來分辨出那個是將司、那個是惠美的而已。他們的體格以及臉蛋，看起來幾乎就像是個黑色塊狀物。

在不久之前，我還以為「夜」其實特別明亮，還認為「夜」有著與太陽不同質感的星光照耀……

星光？

我抬頭望天。

「啊，星星都沒了。」

我手指著天空，大家也跟著向上一望。

「不會吧。」

惠美深吸一口氣。

方才為數眾多的星星，幾乎全都消失了。

夜空裡瀰漫著一股與地表相同濃厚的漆黑。

「咦，為什麼會這樣呀？」

「應該是雲層出來了。」

應該先看過氣象預報才對。天空毫無間隙地蓋滿雲朵，說不定這是雨雲。在一片黑中下起雨來的話，那可受不了。

「居然是雲，唉喲——」

我身旁的人影一站起來後立刻跌跤，地表傳來輕微的震動。

「將司，你在做什麼啦？」

「好痛……有一小段落差，我不小心跌倒了。」

「真是，你小心一點啦。」

京香哈哈大笑，但我看著腳邊卻感到不安。這一帶的地面的確凹凸不平，但剛剛卻沒人跌跤。那是因為剛剛還瞧得見地面起伏的樣子。如今地面呈現毫無遠近感的一片漆黑，就算再怎麼定眼凝視，也幾乎分辨不出地表上的凹凸。一個不小心的話，說不定就算前方有個斷崖或是大坑洞，不到摔進去還不會發現。

心裡深處猛烈顫抖。

可怕的黑暗。

黑暗本身不會撲上來，但它卻在深處藏著獠牙圍住我們。如果我們輕舉妄動，就會被咬食成碎片。這股直覺於我腦內奔馳。可謂最原始的恐懼。

簡直堪稱是暴力的黑暗。

「這還挺危險的耶。」

「將司，既然摔倒就別在那幫自己圓場了。」

「不不不，我是說真的。妳站起來走個幾步試試看。一不小心的話就會馬上摔倒。」

「怎麼可能會有那種……唉喲、嗚。好痛。」

京香一面笑著一面嘗試，走不到三步就跌跤了。還可以聽見鋁罐滾動的聲音，是她跌倒時弄翻的吧。

「唉呀，真的耶。這個真的好可怕。」

話說回來，她腳邊之所以不平難行的原因，並非只有天色黑暗，也有可能是喝太多了。

喀啦喀啦喀啦。

「真浪費。啤酒都滾走了。」

「裡面還有很多還沒喝吧？」

惠美說話的聲音。

「應該還有一半左右吧。」

「那個是第幾瓶？」

「第三瓶。」

「妳喝太多了啦。」

喀啦喀啦……

「……」

大家不禁沉默。

因為規律滾動的鋁罐聲突然就消失了。

在數秒的寂靜後，傳出咚的一小聲，像是彈到了什麼東西似的聲響。

「……剛剛那是什麼？」

「大概是罐子掉下去……然後撞到什麼的聲音。」

「掉下去？是從哪掉下去呀？」

「我也不知道啊，又看不見。不過瞭望臺的另一邊就是斷崖啊，說不定罐子是滾到那邊去了。」

我看向瞭望臺邊緣，在斷崖前方有兩條繩子圍住，暗成這樣還能明顯看清兩條白色的繩子，令我心安。如果沒了那繩子，可能就會失足墜落。即便沒摔下去，也會有種被繩子另一方的柔軟黑暗吸進去的感覺。

風咻地吹來，搖著樹木的枝葉。沙沙沙地響起不規則的聲響。這讓我覺得整座森林就像在嚇唬著我們。

喀嚓一聲，我的背後亮起光芒。

「回去吧。」

將司手上拿著手電筒。是把很小的手電筒，可照明的範圍並不大。即便如此，光線看起來依然特別耀眼。靠著手電筒的光，茶色的地面自地表浮上。真是叫人懷念的顏色。

「咦？將司你準備得還真周到啊。那個是用乾電池的嗎？」

「嗯。老媽一直囉嗦地要我帶在身上以防萬一。」

「你媽人還真好呢——光是乾電池就要五千多圓了對吧？」

「對啊。她老愛抱怨說乾電池比以前貴上很多。不過，幸好我有帶手電筒來。電池雖然撐不了幾小時，但在回去的路上應該幫得上忙。」

「你說回去是要回去哪裡？」

「妳家啊，京香。」

「我家？」

「離這裡最近的不就京香妳家嗎？總之都變得這麼暗了也很危險，趕快撤退到妳家撐過『夜』吧。而且我們本來就跟雙親說要去妳家玩的，就這意義上……」

「咦──不要啦。難得感覺變得有趣起來了，我還想多在外面玩嘛。」

京香開始鬧起脾氣。

「就算妳那麼說，暗成這樣什麼事也不能做啊。」

「才沒那回事呢。還可以講講鬼故事呀。」

「要講的話在家裡講不就好了？」

「在外面講又沒什麼關係。欸，雲的話等過了之後天空就會放晴。不用急啦。」

京香口齒不清的對答。喝醉酒的人就是這樣才傷腦筋。暗成這樣的確危險，如果下起雨來的話那可就麻煩了。也享受得差不多了，是時候該回家了。正當我要開口贊同將司的意見時，聽見一股奇妙的聲音。

嘰──────……

一股尖銳又貫穿力強的聲音。

那是生物的鳴叫聲嗎？還是無機質的人工聲響？無從判斷。是股謎樣的聲響。

我的右手突然被什麼東西捉住，有股溫暖的觸感。我吃驚一看，是惠美一臉不安地抱住我的手臂。

「……那是什麼聲音？」

「動物的聲音吧。」

「是什麼動物？」

「……不知道。」

惠美沉默。將司與京香也好似感到不安，向周圍不停張望。我屏息試著觀察周圍。周遭雖然一片安靜，但絕不是靜籟無聲。到處可聽見蟲鳴振翅聲、風聲、樹叢沙沙搖晃聲。不知道是否風聲作祟，完全不清楚那裡是否有什麼東西。

將司的手電筒雖然明亮，但正因為有那股光亮，周圍更顯得漆黑。以亮光為中心的一定範圍以外，根本看不透任何事物。叫人心憂。

「我覺得果然還是回家比較好吧？」

我開口說話。惠美緊握著我的手臂，我得振作才行。

「嗯嗯，阿明你也那麼覺得對吧。」

「喂，難道阿明你也像將司那樣變得膽小了嗎？」

「不，我覺得這樣下去會很危險。這種森林裡都會有動物在，如果是蝙蝠之類的話還好，如果有野狗在的話可就應付不了了。」

「嗯——野狗的話說不定有點可怕呢……」

「一受傷的話就麻煩了。附近的醫院也沒在看診。總之我們先下山出發去京香的家吧。」

「可是……」

「我覺得走在夜晚的街頭，會跟平常有不一樣的感受也挺好玩的喔。京香妳不想看看，自己平常走的回家路上在『夜』跟『白晝』有什麼不同嗎？」

「那個嘛……也是呢。」

京香這下有些興致了。從她的語調就聽得出來。

很好。要說服京香的話，說些她會感興趣的話是最得當的。

「要外出的話，先回家一趟把東西放著再出門不也可以？而且那樣一身輕便也方便活動。反正京香妳爸媽今天不在家不是嗎？根本可以為所欲為。」

「你說的沒錯呢。阿明，真是好點子。」

京香興奮地站起身。

成功了。將司小聲地對我說「阿明，幹得好」，我以勝利手勢回應。

這麼一來的話就得趕快準備回家去。我不經意看往右手，惠美依然還抱著我不放。兩人四目相接後，惠美才慌忙鬆開我的手。

「啊，對……對不起。」

感覺就像，她終於發現自己抓著我不放了。

以拿手電筒的將司當先鋒，我們離開三鷹山。一路上雖然都是坡度和緩的階梯，這跟白天時走來完全不同。人類在行走時，會下意識地計算腳要踏上去的地面坡度跟高低差，先做好心裡「準備」。如今視野遭受限制，就無法事先「準備」。幾乎每走上一步都會感到恐懼。比想像中還要大的段差、傾斜的地面。每當腳踏上地面，心裡都會吃驚而動搖。

坡度雖緩，但這還是山路。只要一踩空就有失足墜落的危險。而且摔進崖壁深處的話，在這麼一片黑暗中也難以搜索吧。我們慎重、緩慢、步步為營地前進。

周遭相當安靜，讓人誤以為這裡相當寬敞。我有過幾次在天候明亮時走在這路上的經驗。這裡既狹窄又短，是條毫無感動且無趣的道路。但這時或許是受到了黑暗以及想像力的刺激，會覺得這是條無盡且漫長的道路。

我們為了發生意外也不會走散，而緊緊抓著在自己前方行進的人的衣服。這不僅是我們事先說好要這麼做，恐懼的心理也迫使我們自然地這麼做。京香抓著將司的衣角，我抓著京香繫在腰上的那條有裝飾的腰帶。後方的惠美，則抓著我的手。她的手在顫抖，惠美好像很害怕。我反手一拉握住惠美的手。她的手在一瞬間好像因為吃驚而顯得僵直。

放心，我們馬上就能回家。

我溫柔地觸摸她的手。惠美好像也稍為安心一些而回握我的手。她的手，好溫暖。

我們在黑暗裡走了多久呢？

「到五日市街了。」

將司說道。

我們走離山區了。腳邊存在危險的山路已結束，路面換成了柏油路。是可以放心踩踏的地面。我一開心，忍不住踩響地表。腳底傳回來的觸感正如預期，是平坦的。來到這裡的話就沒問題了。現場不知為何便瀰漫這種氣氛，我們盡情地伸展肢體、深呼吸。

「唉——我還差點以為我們會怎麼樣咧。」

將司安心地大嘆一口氣。

「什麼嘛將司，原來你那麼擔心呀？」

京香還是老樣子，一點緊張感也沒有。

「不不，說真的。我也是很不安的咧。畢竟我們根本沒想到那時候會那麼暗嘛。不過到了這邊，路也比較好認，整個就是走在城鎮上會變得安全點了吧。」

「你在說什麼呀？從以前到現在一直都很安全好嗎？就算是『夜』，跟平時比起來又沒什麼變化呀，沒事啦沒事啦。」

「嗯，或許吧。那我們差不多該走啦。京香妳家是要沿著五日市街道走嗎？」

「不對，穿過車站前面的話會比較快。所以再往前走一點後要往右轉吧。」

「OK。呃——大家都有到齊吧？」

將司伸出手指數著人頭。

我也下意識地數起人影數量。

將司以及他身旁的京香。我發現離他們兩人有點遠、離我還有段距離的路旁護欄有道人影，護欄另一側還有一道人影。我感到有東西摸著我的手，轉頭一看旁邊，是惠美站在那裡。

這下怪了。人影數目太多。

我感到毛骨悚然地起了雞皮疙瘩。

什麼時候多了兩個人？我完全沒發現啊。

護欄那邊的兩個人到底是誰？

將司好像也發現那兩人了。他呆站著，默默往那凝視。

我雖定眼凝視，但那兩道人影究竟是面對我們，還是背對著我們也看不清楚。在漆黑世界裡的漆黑人影，令人失去遠近距離感，乍看之下好像離自己很近，又覺得對方好像正從遠方往這靠近。

話說回來，那真的是人類嗎？還是那只是有著人類「外型」的東西？會不會外型與人類極度相似，內部卻完全是另一種物體？

可怕的想像在我心裡膨脹。

一出聲的話好像就會引起不好的事，我嚥下口中的唾液。

這陣沉默持續了十秒以上。

「……是誰啊？」

按捺不住而出聲的是將司。

「站在那邊的那兩個，你們是誰啊？喂。」

他勉強擠出話來並用手電筒照射。鮮明的人影在光亮中清楚浮現。

「嗚喔，好刺眼。」

兩人以手臂護眼，他們手上提的器材喀沙喀沙地發出聲響。

「什麼嘛，原來是澄夫還有達彥啊。」

「……是京香你們啊，別嚇人嘛。」

「真是的，那才是我們要說的好嗎……」

將司一放下手電筒，澄夫他們才安心地鬆了一口氣。看來他們兩人在黑暗中撞見不熟悉的人影後，身體也一樣禁不住僵直了。

「話說，你們去看死人之類的看得還順利嗎？」

將司毫不保留其厭惡感問道。但澄夫他們並沒回答。

「呃，關於那個的話，我們發生了一點事……抱歉，能不能借我們那手電筒一用？」

「咦？手電筒？不行啦，我們也只有一支而已。」

「拜託啦。裕也那傢伙啊……」

澄夫語氣聽起來很傷腦筋。

「咦？話說裕也上哪去了？你們不是一直在一起嗎？」

達彥與澄夫兩人互看一眼後，澄夫才開口說：

「他啊，人不見蹤影了。」

「你說不見蹤影？」

「就很奇怪啊。他……都沒回應。」

「這到底是怎麼回事？你從頭開始說明好不好。」

將司焦急地催促澄夫。

但澄夫語氣卻變得更加強硬：

「別管那麼多了。如果手電筒不能借我們，那就跟我們來一下啦。我會在路上一邊解釋的。真的拜託你了。」

「等一下啦，喂……」

澄夫捉住將司的手，半強迫地踏出步伐。

「我們到了藤崎臺後，有好一陣子都沒什麼動靜，結果那個就來了，我說真的。」

「是什麼東西來了啊？喂，澄夫，很痛耶。放手啦你。」

「那還用說，就是要自殺的人啊。」

「什麼？」

我們大吃一驚。想不到真有要自殺的人會來。

「不過，總覺得有些怪怪的……一名年輕女人腳步踉蹌地在黑暗裡徘徊，步伐看起來非常不穩。裕也說她一定是在找要在哪邊自殺，但我覺得有點害怕。該怎麼說咧，看起來就像幽靈。就是要死還是要活兩者界線模糊不清的意義上，要自殺的人跟幽靈可能說不定一樣咧。」

「喂喂喂，為什麼我們就得跟著去不可啊？將司，你就別管裕也怎樣了，我們走吧。」

京香大聲嚷嚷。

「就算妳那麼說，澄夫他又不鬆手……而且不能這樣坐視不管啊。」

「吼喲！你這個爛好人！」

我們別無他法，只好跟著澄夫他們快步往藤崎臺前進。

「抱歉啊。如果找到裕也，你們就可以回去了。然後啊……我們有試著不被那個女的發現，在後面偷偷跟蹤她。」

「然後啊，你們就想觀賞她自殺的那一瞬間嗎？你們真的有夠低級的。在那女的自殺前阻止她啦。」

京香責罵澄夫。澄夫則是有些愧疚地回答。

「啊……是沒錯啦。可是我們沒看到她自殺的那一瞬間就是了。因為我們跟丟了那女的。那一帶草叢跟樹木又多，全都是遮蔽物。就算有三個人在，也多少大意了些。一跟丟後，就不知道她人在哪了……」

達彥嗯嗯嗯地點著頭。

「然後裕也就說『我去看看』，就自己一個人猛往前衝。然後不管我們等多久，他都沒回來。結果我們就越來越覺得不安。」

「他應該是迷路了吧？」

「我們有大聲叫他好幾次，但是都沒回音啊。如果他真的是迷路了，至少也會回個話吧？我很怕說他是不是碰上什麼意外了。」

我嘆了口氣。嘴上說想去看自殺屍體這種話，結果沒兩下子就怕東怕西的。如果只有那麼點程度覺悟的話，一開始別去不就行了？

京香心裡想法可能也與我相同吧。她一臉嫌惡地對澄夫說：

「我說啊——你們都有那種夜視鏡了，沒辦法自己去找嗎？小孩子啊你們？」

「因為京香妳是門外漢才會這麼說。戴著夜視鏡的確可以保住自己在暗處的視野。不過啊，在那之前因為樹木實在太多了，視野一整個很差啊。如果沒有光源，根本沒辦法找。而且有了燈光的話，對方也能知道我們這邊的位置，更容易會合才對……」

「啊——是是是，我懂了啦。反正我就是個門外漢啦，但你們就是群小孩子啦。一群以為自己有了夜視鏡或其他道具後，就誤會自己是大人的小孩子。」

「……」

澄夫好像理解繼續與身處酒醉狀態的京香爭吵下去的話根本沒用，他只好乖乖閉上嘴。

「要去藤崎臺的話，要從這邊上去。」

等走了一段路後，澄夫指向道路旁。

那裡有段狹窄且未鋪裝的上坡路。與剛剛我們走下來的吉鷹神社參拜路線很像。而那與多少有人修整過的參拜路線不同，這要說的話比較像是小徑。而前方可見的是一座深不見底的森林。難道又得擔心害怕地在黑暗中前進嗎？說真的我們已經覺得受夠了。

「在這裡面迷路的話，可沒那麼容易找到啊。」

將司混著一聲嘆息道。

「裕也那傢伙也不是個白痴。走散的話，他應該會向出口這邊走來才是啊……」

澄夫戴著有夜視功能的望遠鏡查看周圍。他那樣子看起來就像個怪人。

「不行，根本找不到。看來只能進去裡面找人了……」

「啊，我不進去喲。」
京香有些疲倦地說道。
「我不想繼續走在那種難走的地方啦。我要在這邊等。」
「要進到裡面去找人對女孩子真的是挺危險的，還是別進去的好。」
將司也點頭認同。
「嗯嗯。3K（註2）工作就交給眾男士去忙囉。我的3K指的是好暗（Kurai）、好可怕（Kowai）、好容易摔倒（Korobisou）這三個。欸，惠美，我們就在這裡等吧。」
京香抓著惠美的手將她拉過去。惠美有些不安地看了我一眼。
「那妳們兩個就在那待命吧，就我們去找人……對了……」
將司舉起手電筒照亮手錶。
「我們去找個二十分鐘，如果找不到人就會回來。」
「我知道了。你們就好好加油吧——」
「要小心一點喲……」
有著感覺悠閒的京香以及憂心的惠美目送，我們在鋪有砂石粒的路上前進。

註2 原指辛苦（Kitsui）、髒亂（Kitanai）、危險（Kiken）。

藤崎臺是與三鷹山成對的高臺。與有座神社的三鷹山不同，藤崎臺這裡滿滿一片都是森林，別說在「夜」，這是個連白天都杳無人煙的地方。這裡也曾引發過利用杳無人煙這點非法丟棄垃圾、或是不良少年聚集在此吸菸的問題。這是我第一次踏進這地方來。

要我說真正感想的話，其實自己有些雀躍。

恐懼的情感並未持續很久。跟著數名同班同學在一起，不安的情緒就得以和緩。自己也算是習慣了黑暗環境。抱持著一半像在探險的心情走在「夜」的藤崎臺裡，非常快樂。

有時會踢到走在前方的將司的鞋子，或是不小心撞到他。我在女孩子面前總是扮演著一個值得信賴託付的男人，一旦成員全都是男的就沒用了。

「我能不能在這邊小個便？」

「不要啦。小心你那邊被蚊子叮喔。」

「我用讓蚊子沒時間叮的速度迅速解決如何？」

我與澄夫以及達彥輕鬆談笑走在路上。但唯獨將司好像真的很害怕……

不管走到哪都是森林。一塊明亮的圓圈隨著將司揮動手電筒而左右移動。圓內描繪出綠色世界，留下殘影後又回歸黑暗。不知蟲子是懼怕鮮明的亮光，還是對亮光抱有興趣，牠們紛紛發出喀沙喀沙的聲響。

夜裡的森林感覺就像生物一般，真令人覺得爽快。叢生的枝葉各自吐出潮溼的空氣，既有些溫暖，又讓人感到涼爽。受舒適的晚風吹拂，我一股勁地深呼吸。

這時，某樣東西唐突出現。

是裕也的頭部。

毫無預警地，他的頭部就被放在樹根處。

全員都僵在原地無法動彈數秒左右。

「……咦？」

將司將燈光打在裕也上，茫然地呆站在原地。

「哈哈……」

澄夫發出乾啞又沒感情的笑聲。我能理解他的心情，因為那看起來真的就像是某種玩笑。面臨這超乎想像的光景，會覺得嘴角鬆動。我第一次知道，與無法理解的景象對峙時，會露出一絲絲的微薄笑意。

裕也也笑了。

那顆首級，半睜著眼睛，眼角斜斜上翹微笑。那正是傍晚被京香斥責的裕也沒錯。不過他的毛髮上全都混著汗水與泥沙，嘴唇上沾附著像是黑色血液的玩意。頭部被切斷那一面正好朝下放置，看起來就像裕也整個人從土裡生長出來似的。

沒錯，看起來簡直像顆奇妙的香菇一樣……

將司身子無力癱軟。

他好像貧血了。我迅速以雙手撐住將司的身體。高大的將司沉甸甸地壓在我身上。將司的指尖使不上力，手裡握的手電筒就這麼掉落地面。手電筒落在腐葉土上發出柔軟的聲響，明亮的圓圈更清楚照出前方。

「嗚啊啊啊啊！」

發出這聲慘叫的是達彥。

我也有種冰冷的玩意竄過自己背脊上的感受。就在裕也首級面前，那裡擺放著一整副整齊的人體。兩隻手臂、兩隻腳、一個軀體。被肢解的部位就像在擺放塑膠模型的零件般井然有序地擺好。

側邊還放著被仔細摺疊好的衣物，衣物上頭擺著運動鞋。旁邊還有像是裕也私人物品的手機，以及約原子筆般大小的器材。

「是裕也的鞋子！這個，是裕也的鞋子啊啊啊！」

達彥跌坐在地往後退，走往達彥身旁的澄夫則是一臉鐵青。

「冷靜一點……叫你冷靜一點啊。」

我自己的聲音也在顫抖。這下我才發現，自己牙齒正喀噠喀噠地響個不停。

裕也死了。

為什麼？

剛剛明明還活著，還說著話、走在路上的裕也死了。

裕也被「夜」吞噬，四肢在黑暗深處遭肢解，擺放在自己眼前。難道「夜」的黑色空氣裡有著足以融化人類連結處的成分在嗎？

該不會在這空間久留的話，我們也會……？

啪啪。

響起大聲聲響。是將司拍著自己臉頰的聲音。

「糟、糟了。糟糕了。得快逃跑，得快點逃跑。這大事不妙，這下真的糟啦！」

將司自己雖也抖個不停，但仍試著故作鎮定思考些什麼。

「這不管怎麼看都是殺人案吧？是肢解殺人，是謀殺。要通報警察，啊，現在通報警察也沒用吧。那麼的話，呃——呃——總之要趕快離開這裡。喂，阿明啊，我說的對吧。我說的沒錯吧？」

我點頭。

沒錯。

「夜」的空氣裡不可能會有溶解人體的成分在。這是殺人命案。是起案件。我的同學被捲進案件裡遇害了。冷靜點，犯人應該還潛藏在某處。得趕快逃跑才行。犯人會為了封口，連我們也……

「嗚哇、嗚哇、嗚哇啊啊啊啊啊。」

達彥大聲嚎叫逃離現場。

應該說連滾帶爬才符合他的行動。跑了跑後跌倒，跌倒後又起身繼續跑。那動作看起來就與四足動物全力逃跑的樣子一樣。

「喂，達彥！你等一下！」

將司與澄夫也跟著拔腿就跑。

我也該走了，但是腳卻動彈不得。雙腳就像麻痺似的使不上力。難道是因為過度恐懼而感到虛脫了嗎？大家的身影漸行漸遠。這下可不妙。如果我一個人被丟在這裡的話……

我按著並敲打大腿。我雖站得起來，但使不上力。無法蹬地跑離現場。

周圍的樹木喀沙喀沙地響著，說不定殺人魔就躲在某處，窺伺我大意時露出的空隙也說不一定。我轉頭看向裕也在的地方。雖然只看得見黑色剪影，但可以清楚地看出那是被肢解成好幾塊的裕也身影。

「阿明，等等我啊。」

感覺裕也好像就會這麼脫口而出，好可怕。

我因焦慮而呼吸急促，試著往前踏出一步。身體重心往前偏移，整個人快倒下去了。糟了，要摔倒了。我試著再踏出一步支撐身體。很好，腿部感覺雖然遲鈍，但至少還跑得動。再一步、再一步，別慌，慢慢來，然後漸漸加速……

我看著前方。

已經看不見達彥的身形了。勉強看得出將司拿著手電筒的背影。快啊。整個人雖然嚇得無力，但我依然拚命地追著將司他們而奔跑。

通過粗糙的砂石路，來到五日市街道上。

一見到惠美的臉龐，我立刻感到心安。

自小路奔出，鞋底傳來柏油路的堅硬觸感。已經沒事了。我上氣不接下氣，臉朝下喘著氣，惠美過來溫柔地撫摸我的背。

「看你們面目猙獰的，是怎麼啦？」

「就跟妳說了不是嗎？殺人啦！」

「什麼？你是醉了不成？」

「醉的是妳吧！」

在一旁爭吵的是京香與將司。

一身疲憊倒在旁邊的是澄夫。

「大家都有看到！看到裕也被大卸八塊啊！我們得趕快逃跑，然後、然後……告訴警察！」

「……」

瞧見將司猙獰的樣子，看來京香也認為此事非比尋常。她為了確認而往我這瞥了一眼，我跟著點頭。

「沒錯，他被殺了。雖然我也不敢相信……但那是真的。」

「為什麼？為什麼……裕也會被殺了？被誰殺的？」

惠美在我身旁說道。

「別問為什麼啦，我怎麼可能會知道？總而言之我們得趕快離開這裡。京香，妳不相信的話也沒關係。那妳就待在這裡。我要趕快逃跑了，我可不想被殺啊。」

澄夫這下語氣也變得不友善。

「……我知道了啦，對不起。」
京香不開心地點頭。
「不過將司，說要逃的話，要逃去哪？」
「當然是妳家啊。我們走吉祥寺的站前路，去京香家避難吧。總之森林太危險了，去有民宅的地方吧。」
「咦——我家喔？是說澄夫你也要來喔？超過收容人數囉，擠死了。」
「現在不是說那種話的場合吧……怪了？」
「怎麼了嗎？將司？」
「達彥人咧？」
「……咦？」
「達彥他應該是最先逃跑的啊，他沒來這裡嗎？」
「他不是跟你們在一起嗎？」
「不，是跟我們在一起沒錯，一起逃跑……」
我們各自轉頭環顧四周。
但到處都不見達彥的蹤影。

「那傢伙該不會迷路了吧？」

澄夫不屑地說道。

「畢竟達彥他可是個路痴啊……」

達彥當下的確是顯得相當動搖沒錯。難道他沒命地抱頭亂竄，結果跑往與我們完全不同的方向了嗎？

「一個人待在一片黑暗裡頭不會有事嗎？」

將司不安地說道。

「嗯……而且他連手電筒啥的都沒有，夜視鏡也只有我跟裕也的份。達彥手上就只有一臺照相機而已。」

「怎麼辦啦？又不能放著不管。」

「……」

澄夫一臉傷腦筋地看著我們。實在是沒那個心情為了拯救達彥而再度深入森林裡。雖然沒人說出口，但大家的想法都是相同的。

「……再往那邊走過去的話，會有民宅。」

將司說的這句話，大家都能理解其中意涵。

「去跟他們商量，請他們幫我們吧。」

他的意思是，要借助大人的力量。

那可是非常丟臉難看的事。

外出「夜」遊結果碰上大麻煩，後來還逃回家……根本就是試著裝出一副成熟樣但心力都根本不及大人的小孩不是嗎？然而現在卻不是說這種話的時候。

雖然懊悔，但我們也沒其他法子了。

只能借助大人，以及大人他們所建造出來的社會力量……

無人反駁。雖然京香一臉不滿地鼓著腮幫子，但一被將司催促後，她也是勉為其難地踏出步伐。

走過五日市街道後就會抵達住宅區。好像有滿多富裕人家住在這的，有好幾棟大房子羅列。沒有一戶點著亮光。畢竟現在是「夜」，沒人點燈是很正常的，但比起森林，這裡叫人安心許多。

「大家應該都在睡了吧？」

惠美語氣聽起來很不安。

「一定都在睡吧。雖然很對不起，但也只能請他們起床一下了。」

將司如是說。

「阿明，要不要試試那家？」

受將司催促，我按下附近民宅的門鈴。

喀嚓喀嚓。

聽了塑膠互相碰撞摩擦的聲音後才發現，原來如此啊，「夜」時分連門鈴都不能用啊。我這才重新體認到，平常視為理所當然使用的東西，也是需要電力的。

這麼一來的話就只能直接敲門了。不過要直接敲門難免讓人有些猶豫。

「阿明……」

聽著惠美的聲音，讓自己好好奮發振作。

我戰戰兢兢地拉開金屬門，進入宅邸裡面。將司他們在外頭觀察。唯獨我的腳步聲在周圍響起。

總覺得安靜到令人不舒服。森林裡面還有其他聲響。風聲、樹木搖晃聲、蟲鳴聲……然而這裡卻鴉雀無聲。如果我不拉開門走路的話……想必這裡都會常保寧靜。

叩。

我握起拳頭敲敲厚重的木門。

「不好意思，請問有人在家嗎？」

叩叩。

「不好意思，這麼晚了還來打擾！我們遇到困難了。朋友他……好像發生意外事故了！」

我一面敲著門一面拉開嗓門。這下一定造成他人困擾了。就算被臭罵一通也不足為奇。我做好此般覺悟地繼續敲門大喊。

「不好意思，拜託你，請幫幫我們！能請你一起幫我們找朋友嗎？不好意思！」

我又敲又喊大約過了五分鐘吧。我難免也有些累而放下手。難道沒人在嗎？還是他們正睡得香甜而沒發覺呢？我無計可施。

「阿明。」

惠美靠過來。

「這戶人家該不會人不在吧？」

「可是……」

這時可以聽見細微的聲響。

我將耳朵貼在牆上。

我沒聽錯，的確有聲音。聲音以固定的節奏朝這而來，好像是腳步聲。住宅裡某人起身走過來了。惠美好像也聽見了，她不發一語地看著我點頭。

我遠離，然後等著門打開。我在腦中一面模擬要是開門出來的是個不安的人，該如何說明才好，同時他幫了我們以後，事情會變得怎樣。想必對方一定會聯絡學校吧，然後我們會被罵得悽慘。但那也是沒辦法的事……

我全身上下都抱持著一種事情已全數解決的心情。

但眼前的門無論過了多久都沒打開。

我豎耳一聽。剛剛聽見的腳步聲走到了離這裡相當接近的距離後，突然消失了。門後面一定有人在才是。隔著一道門的後方，有人在。

「都這麼晚了真不好意思！這裡出事了。有可能是殺人事件，請幫幫我們。」

我再度呼喊，但是沒任何反應。為什麼對方不開門，也不來怒罵我？對方人明明就在那呀。

「……」

設在門扉上的窺視孔，窺視孔另一端好像有些搖晃。我直覺認為自己正遭受觀察。有人從那圓孔洞仔細凝視著我與惠美的身影。他對我的聲音不起反應，也不無視我們的存在，只是警戒著我們……

惠美屏息，緊抱住我的手臂。我很能體會她現在的心理感受。

很害怕。

被臭罵一頓的話那還算好的。那表示對方將我們視為人類看待。對待我們視為同伴。可是，窺視孔另外一側的人卻不那麼做。存在於門另一側的只有拒絕的反應而已。

這令我想起，當「夜」降臨，雙親面對來訪者時的樣子。深夜，門扉突然被敲響。母親關了寢室裡的電池式小夜燈。至於為什麼要關閉照明這一點，不需問也知道。那是因為不想讓對方知道屋裡有人。母親抱著我坐在房間一隅，父親則不發出腳步聲悄悄地靠到窗邊查看動靜。來到外頭的，是未受邀請的不速之客。

說不定對方只是個迷途者。說不定是隔壁鄰居搞錯房子了。說不定是個想來借點東西，譬如醬油或感冒藥的人。

但是……如果萬一對方是危險的？如果裝成無害的樣子，實際上有惡意的話呢？只要有一丁點這種可能性，就不能開門。雖然心中難受抱歉，但家裡還有小孩子在，有必須守護的東西。拜託你去別家。其他家會有更溫柔對待訪客……或者該說是大好人在。

如果你是在「白晝」來的就好了。只要你是在「白晝」來的，就能毫不擔心地開門協助。人們本來就不會在「夜」出門走動。社會是依照這種規則運作，所以依照該規則而生活才會順遂。刻意打破規矩、在「夜」裡行動的人……會被視為在「夜」裡行動有其「利益」可圖……或是另謀不軌也不足為奇。那就是所謂的理性判斷。雖然自己毫無惡意，卻可能遭他人提防，那就是自己該負的責任不是嗎？

某日自雙親心裡而發的情感，還有現在我與門另一側的人心裡而發的情感兩者同步。表面與裡側，我有種從兩方角度來看世界的感覺，這種感覺令我感同身受到痛徹心扉……膝蓋使不上力，身體變得癱軟。

「你還好嗎？」

惠美慌忙地扶著我。

「嗯。抱歉……我有點頭暈。」

我撒著不怎麼能令人信服的謊敷衍過去。

門的另一側一定有人在。

那人在白天時一定也是個溫柔、親切，行為合乎常識的人吧。所以他才會起床來到窺視孔這邊。然而他的親切，絕不可能超越他的不安心理。所以門永遠不會開啟吧。不開的門，跟牆壁沒兩樣。我與那個人之間聳立著一道絕對不破的大牆。那個人心裡在想著，拜託你去別的地方……

「然後還有點嚇了一跳。」

「……？嚇一跳？」

那是我率直的感想。至今我從未如此明顯感覺出與他人之間的高牆。

「因為我心裡想說，只要拜託人，應該總會有辦法的。」

「……嗯。」

惠美撫摸著我的背。我也試著以腳出力踏穩地面。然後我與惠美兩人互相依偎走著離開那棟住宅，一面感受後背的住宅居民那混有安心放鬆的視線。

我看著一臉不安的將司。

「行不通。」

「你說行不通是……？」

「……總之就是行不通。對方不開門。」

「……是嗎……」

在那之後我們也繞了好幾間住宅，但沒有一家願意幫我們開門。

嘰——————……

寂靜的街道上，有時會響起聽似動物的鳴叫。

「喂……我們都快走到車站啦。」

將司說道。

我們現在連民宅的門也不去敲了。對被拒絕一事感到疲倦，只是漫無目的地持續走在街上。街景也從住宅區逐漸化為商店街，還可以看見百貨公司等建築物。

只要於前方可見的大十字路口右轉走上一小段路，就會抵達吉祥寺車站。

街上是一片黑暗，號誌也未亮起。

只有我們走在這連腳踏車或人影什麼都沒有的路上。走在道路中央也沒人有意見。別說是走在道路中央了，就算在牆上四處塗鴉、將垃圾散滿一地也不會怎樣。

「簡直就像廢墟一樣呢。」

不知是誰說出這句話。

我雖然也跟著點頭贊同，但又多少覺得其實不太一樣。

如果是廢墟，那還好多了。人類消逝遠離，緩慢腐朽凋零的城鎮。存在著人工與自然的分界、自然的豐饒與人工的懷舊之情各占有一半空間的世界。那看來雖然可怕，但某處更藏有美麗風情。

「夜」的街道比廢墟還糟糕。

看板或店門口都被整理得乾淨整潔。一定是人們在「白晝」時加以整理的。這街道只是假裝成廢墟而已。一到了「白晝」，這裡又會有大量人潮來往，恢復那朝氣蓬勃的樣子。到了「夜」人們就消失得無影無蹤，只留下絲絲宛如餘韻般的體溫……

可以感覺到這裡不久前還有人在，但不管你怎麼找就是瞧不見個人影。身處在一種唯獨人類存在被抹消乾淨的空間裡，這番詭異氣息令我不寒而慄。有種真實的違和感。

身處這股違和感包圍之下，我們完全變得沉默不語。

將司與澄夫閉上嘴慵懶地走著。惠美則低著頭靠在我身邊。唯一一個可能有些精神的應屬京香，不過她看來也沒法子化解這沉重的氣氛。她只是四處張望著周遭，悠哉地跟在後面。

「嗯？你們有沒有聽到什麼聲音？」

「是雨聲嗎？」

我們停在原地。

京香手貼在耳朵上，做出一種誇張的聽聲姿勢。

「妳這麼說的話，我的確是有聽見些什麼……好像是……水在流動的聲音。」

澄夫也這麼附和。

的確是聽得見啪沙啪沙的灑水聲。

「在這時間灑水會不會太奇怪了點……？」

我們很自然地降低音量說起悄悄話。可聽見聲響是從十字路口更深處的地方傳來。將司可能有種不祥的預感，他關了手電筒的電源。

「會不會是清掃業者啊？『白晝』的話不是沒辦法清掃道路嗎？所以才會特定在

『夜』裡清掃吧。啊，這麼一來的話請他們幫忙不就行了？」

京香依然還處在樂天氣氛下。將司阻止要跑離開的京香。

「不，妳先等一下。有點不太對勁。我們先在旁邊觀察一下再說。」

「是要觀察些什麼啊？對方很明顯就是清掃業者啊……」

事情正如京香所言。

一靠近後，可以瞧見幾道人影在。大約有三到四人吧。他們就在站前路與五日市街道交叉的T字路口正中央左右，朝著中心圍成一圈。有人拿著水管潑灑，有人拿著毛刷或拖把清掃柏油路，也有監督整體工程作業、有時下達指示的人……

就是清掃業者。如果不是清掃業者，那他們又是誰？

「不過現在可是『夜』耶……」

惠美聲音顫抖地說著。

「就算真的是清掃業者，也不可能在『夜』活動啦。又沒有人會那麼喜歡工作……」

「惠美說的沒錯。話說回來，他們是在掃什麼東西啊？」

「將司同學啊，你這個人就是生性太多疑囉。直接去問不就行了嗎？反正也是在掃些醉鬼的嘔吐物……之類的髒東西吧。」

京香哈哈笑地悠哉跨步走向前。

「喂，京香……妳等一下啦。」

「不好意—─思。請你們順便清一下我的嘔吐──物！」

「……笨蛋！」

京香離看似清掃業者的身影約有五十公尺遠吧。

這樣聲音不就會傳到他們那邊去嗎？糟了。

不能被發現我們在這裡。不知為何，這樣的直覺竄過我全身。

有股那很危險、那群人並非人類……的感覺。

人影看起來是背對著我們的，但他們隨時有可能回頭看向這裡。沒錯。就在我腦裡如此想著的時候也有可能……

「咕嗚。」

突然有道黑影自一旁的腳踏車店竄出。我也無暇驚嚇，因為自己的注意力完全放在前方的人影上，這下根本是出其不意。我也來不及阻止，那道黑影伸手朝向京香臉龐一帶，而那隻手的前端……看起來就像刺中了京香的脖子。

京香發出一聲像被嗆到的聲音，跪倒在路上。

那道人影也像靠在京香身上似的倒下。可瞧見頭髮搖曳的樣子，是名女性。

「喂、喂妳是……」

將司內心雖感動搖，但他依然擺出架式戒備。

「……別出聲。」

人影以顫抖的聲音說道。

「會被他們發現的。」

「嗚咕咕。」

看來人影並未攻擊京香。她的手只是緊緊摀住京香的嘴，讓她沒法出聲而已。京香則不開心地動著嘴巴嘀咕。

我立刻就得知那名女性沒有敵意。那名女性剛剛號啕大哭了一場，其程度在一片漆黑中也能明顯辨別。她眼皮浮腫，溢出的眼淚流下沾溼了她的衣裳。一股這件事非同小可的氣氛令我們變得僵直。

「去躲起來。」

女性拉起京香，自己也跟著起身。

「動作快！」

女性一催促還在迷惘不知如何是好的我們後，自己跑進了一條通往腳踏車店旁的小巷弄。我與惠美兩人互看一眼後，也跟著女性跑離原地。

女性躲在腳踏車店的牆後，觀察著T字路上的動態。那群像清掃業者的人影毫無動靜。

女性像是放心而嘆了口氣。

「……看來沒被發現呢。」

嘴巴一直被摀住的京香不悅地拍拍女性的肩膀附近。

「……啊，抱歉。」

女性自京香嘴上鬆手。然後她看著手上附著的京香唾液後，皺著眉頭往腳踏車店的牆上擦。

女性有著怪異的打扮。

她身上穿的是白色連身洋裝。而且還是上頭有白色蕾絲、散發出少見清純氣息的洋裝。洋裝上沾著泥土以及樹葉，整個髒兮兮的。應該可以說她曾在深山裡打轉玩耍才會變成這樣吧。而且她還赤腳，腳上看得見幾道傷痕。

看起來年紀與我差不多，或是大上一些。

明顯看得出來她有化妝。

「那些人是殺人犯喲……」

女性指著T字路口以沙啞的嗓音說道。

「妳說殺人犯？」

「我被他們攻擊了。除了我以外，還有……一個那時候剛好也在現場的男生。」

「男生？」

「那男生死了……應該吧。我就趁那空檔逃跑……」

「那個男生該不會是裕也吧。」

「裕也？我不知道他的名字……」

這時澄夫推開將司走到女性面前。

「啊、妳該不會是——」

「怎麼了嗎？」

「果然沒錯。小姐，妳剛剛人在藤崎臺對吧？」

「……我是曾在那邊，那又怎麼了？」

「妳是來自殺的對吧？我們看到妳一個人在那邊晃來晃去的！」

「……」

原來如此。

如果這位女性是來自殺的，那就多少能理解了。她這身打扮應該是死前所能妝點出最好看的儀容也說不一定。

「是呀……」

女性再度開始哭泣。

她也不掩飾自己哭泣的樣子，豆大的眼淚就這麼流下。

「我聽說藤崎臺南邊的樹上可以輕鬆死去，而且據說那邊已經有好幾個人自殺過，都很順利的樣子……」

她好像雙腳無力，背靠著牆壁癱軟滑落在地後，這次開始顫抖。

「可是……他們卻……」

女性嘀咕起來，她試著按住肩頭別讓自己發抖，卻震得更厲害。她的呼吸甚至變得急促，都快變成過度呼吸症狀了。

「難道，該不會，怎麼會這樣……」

澄夫取過有夜視裝置的望遠鏡後，從牆壁探出身子以望遠鏡看向T字路。

「……」

在澄夫看了一陣子後，他突然渾身發抖。

「澄夫，你是怎麼啦？望遠鏡借我一下。」

將司自澄夫手上搶過望遠鏡後，重複一樣的動作。

「……」

當我傻眼地看著他們，將司也一臉呆滯地啞口無言。他接著默默地將望遠鏡遞給我，我也將望遠鏡貼在眼上觀察。

這就是所謂的夜視鏡嗎？

我記得這好像是能探測紅外線，在暗處也能確保視野清晰的道具？好厲害。方才被一片漆黑包圍的街道，輪廓如今清晰可見。整個世界雖然是一片綠，那些清掃人員的手腳動作都能看得一清二楚。

「為什麼這看起來會綠成這樣？」

「顏色是機器自己形成的啦。因為人類最敏感、容易感受的顏色就是綠色，機器就調整成那樣罷了。是說你有沒有看到，那群人在清掃的『東西』？」

「在清掃的『東西』……」

在刷子以及拖把前端好像有著什麼。

「……」

既細又長，滿滿都有像節眼彎曲的部分。我看了一會還瞧不出那是什麼。說不定是因為那附近的人，全都一副稀鬆平常的樣子在清掃的緣故。因為那東西，實在無法令人與清掃連結在一起。

「是人。」

倒在地面上的，是體格瘦長的人類。

那人像是沉睡似的仰躺在地。好像還全裸。有四人圍在那人的左右，清掃附近的路面。雖然看不清那四人的長相，但可以判斷出應該是青年至中年的男女。

倒在地上的人難道受傷了嗎？

四人一點也不慌張，只是默默地清掃路面。以水潑灑、清洗路面後，拿拖把將汙水推進人孔蓋，以刷子掃刷路面。他們就如此重複無數次。

這是怎麼回事？

「你還看不出來喔？」

澄夫對我這麼說。

「那個……是達彥啦。」

「達彥？」

「他們在那裡把達彥殺了啦。殺了之後為了不留下痕跡，才在那邊一直清掃啦。」

我聽了這話後再拿起望遠鏡看個仔細。

清掃工作好像告一段落。

四人走往倒在路面上的人後，好像開始在商量些什麼。他們以膠帶貼在發出綠光的奇妙筒狀物體上。然後其中體格較壯碩的一人扛起那人身體。被扛起的身體上……已沒了手腳。還保有首級的軀幹無力搖晃。我在一瞬間瞧見了那張臉。

那閉著眼睛的……好像就是達彥。

我下意識地鬆開望遠鏡。

「我……還以為那絕對只是網路上的謠言。這居然是真的喔……不敢相信。」

「喂，澄夫。你剛剛是在說些什麼啊？你知道些什麼東西嗎？」

「才不知道咧。我自己都不懂這下是怎樣啦。為什麼事情會變成這樣？這是在作夢吧，一定是夢……」

「喂！你要是知道什麼的話就快說啊！」

將司靠上去。

澄夫雖一臉膽怯，但他終於開口。

「你知道什麼是『團體』嗎……？」

「『團體』？你是說那個像社團活動的東西？」

「就意義上來說很相近啦……那你知道殺人狂熱者嗎？」

「狂熱者……？」

「該怎麼說咧，不是有那種喜歡血腥獵奇圖的人嗎？裕也他也是那種人。不過所謂狂熱者指的是那種太入迷、想殺人試試看的那種人啦。」

惠美臉色發白顫抖。京香罵道：

「那根本是犯罪嘛。」

「是犯罪啊。不過那種人還挺多的。網路上有那種交換一般沒公開過的血腥圖片群組，那網頁上還有著把小孩子的頭活生生割下的影片啦、拷問女性然後用刀子割她的影片，之類的……他們都會從國外的網站上找那些東西出來，然後那群組上就會有人留那種說『真想把肋骨一根根折斷』，或是『是誰都好，我真想砍斷女生的腳』之類的誇張留言。」

除了澄夫以外，所有人呆若木雞。

光是聽他這麼說就強烈覺得反感。

真是個令人懷疑他們心智是否正常的世界。

「澄夫，該不會你也一樣吧。」

「不，我啊……只是個沒用的膽小鬼，頂多只會去下載那些影片而已。該怎麼說咧……我只是看了之後去跟人家說，我看了很可怕的東西之類的那種人。其中最積極的人是裕也，他也會去留言板上留言，發起像『大量舉出自己想分解的藝人明星』之類的主題……」

「那傢伙真的是爛透了。」

將司嘆了口氣。

這番話也有令人能理解的地方。

裕也、澄夫、達彥這三人裡面就屬裕也是帶頭的。澄夫與達彥就像金魚糞，只是單純地跟在他旁邊而已吧。

「然後啊……裕也他就說了，說這世上有著『團體』存在。」

「所以那到底是什麼東西啦。」

「就是殺人狂熱者……那些光是留言看圖已經無法滿足的殺人狂熱者他們……為了能實際享受殺人快感所創的團體。」

「……」

「活動內容當然全是最高機密。據說在那網頁或留言板頻繁出現的話……就能參加那團體的離線聚會的樣子。然後在那聚會接受面試，合格的話就能參加該團體。裕也還說他對那有點興趣……」

「騙人的吧？這世上居然真的會有那東西。」

「我也以為那是騙人的啊！」

澄夫哀傷地大吼。

穿著洋裝的女性摀住澄夫的嘴。

「別太大聲……」

「抱、抱歉。」

「不過啊，要是真有那種『團體』的話，早就被警察通緝了不是？」

將司這麼一說後，澄夫便反駁。

「不對。如果見人就殺的話一定會被逮捕。或是挾著私怨殺人，也會留下線索被找到。不過『團體』可不一樣啊，他們只是想單純享受奪走人命的樂趣而已。他們準備周到……然後『玩過』後也會收拾。為了能一直平靜安全地享受屬於自己的樂趣……」

澄夫的眼神相當認真。

我們則默不作聲。

「他們啊，會盯上然後殺了那些在『夜』偷溜出來的自殺者……或是像我們這種『夜』遊的人。瞞著父母或朋友、獨自一人也不在意的傢伙，拿來當目標不是正好嗎？結、結束後就像那樣清掃得乾乾淨淨……裕也的屍體也是被擺得整整齊齊的。那個一定是為了等一下隱瞞事實用的……」

「住、住口，別再說了。」

將司語氣強硬地出聲打斷。

他應該不想再繼續聽下去了吧。我也有相同感受。

那種令人作嘔的話，不想再聽下去了。

無法理解……

「如果被收拾得那麼乾淨徹底，也難以發現。只不過是失蹤人口又多幾個罷了。雖、雖然我不知道他們是怎麼處理屍體的……但是有那種不被人發現又可以處理屍體的方法。有傷痕的人骨容易被視為意外，所以會把骨頭磨成粉末讓魚吃，皮膚跟肉塊的話好像只要埋在一定深度的坑裡，好像是一公尺以上吧？就連警犬也嗅不出來。那些皮肉就會慢慢回歸大地。這些方法光靠門外漢是無法達成的沒錯，但是職業專家發揮真本事的話，整起事件根本不會見光……」

「那種東西一定是騙人的。」

將司拚命想否認，但他臉色鐵青，全身冷汗直流。

「那應該是真的喲。」

穿著洋裝的女性如是說。

「那個拿著繩子勒我脖子的人，是這麼說的。」

「那人說了什麼？」

「反正妳都打算自殺了，那被我殺了也無所謂吧……還是一邊奸笑一邊說的……」

全身直打寒顫。

無法想像那句話是由同樣身為人類所說出的。有人想自殺的話，每個人都會去阻止那個人才對吧。就算無法阻止，心裡也會感到哀傷才對。然而那人卻非如此，反而是發現獵物感到喜悅。反正妳要死了又沒關係這種話實在是……

根本沒顧慮到對方的心情。

對他們來說，我們是被狩獵的一方。我們是愚蠢闖進在他們名為「夜」的巢穴裡的老鼠。

「是『團體』……真的是『團體』……這下該怎麼辦？不會吧，該怎麼辦……」

澄夫一人不停嘀咕，茫然地望著牆面。

「欸，那邊……那位小姐。」

將司臉色鐵青地向穿洋裝的女性搭話。

「我叫美智子喲。」

「美智子小姐，請問一下那個想殺了妳的『團體』成員……是個怎樣的人？」

「這個嘛……」

美智子小姐低頭望向地面：

「是個看起來慈祥和藹的老太太喲。」

「唐原，清掃工作差不多就這樣了。那接下來該怎麼處置呢？」

「藤枝，我想照老樣子來就行了。不過這次因為人數太多，我還在想該怎麼辦呢。現在幾點？」

「唐原，現在二十一點。」

「距離黎明還有八小時多一點啊。要分解處理兩具屍體的話時間還夠，但目擊到我們的不只一個人吧？」

「唐原，我想最少也有四個人才對。」

「遠藤，那想法是哪來的？有那麼多人嗎？」

「是的。首先是一開始盯上卻被逃掉的一名女的。她還看到了我的長相。」

「嗯，是說那個穿白色洋裝的吧。她的確是非殺不可。其他咧？」

「目擊到藤崎臺屍體的有四人。其中一人就是剛剛殺掉的這傢伙。」

「大概是來試膽的大學生吧。真想不到偏偏有人會在今天的『夜』裡到處遊蕩呢。真不走運。」

「我認為他們是全體一同行動的，只有這傢伙是單獨一人。也得找出其他三人來。如果那是來試膽的，也有可能會有其他朋友在。如果消息先在他們那傳開，那就麻煩了。」

「看來只能將全部的人一網打盡了。」

「唐原，一次失蹤那麼多人，不會演變成事件嗎？」

「……也可能呢。老實說，我不想這麼做。但都被撞見了，那也沒辦法啦。」

「藤枝，唐原說的沒錯。我們的遊戲之所以不會曝光，那是因為我們殺人然後將其偽裝成『失蹤』的緣故。雖說屍體跟痕跡都有處理得乾乾淨淨，如果不偽裝成『失蹤』而東窗事發的話……警察也不是傻子。我們就會被逮捕吧，也沒法子玩這遊戲了。」

「沒錯。我們必須別讓社會傳出『有屍體』或是『有殺人魔』之類的謠言才可以啊，藤枝。」

「像剛剛殺掉的那個男的，光靠我們的『清掃』也只是將血沖刷掉罷了。要是警察仔細採取科學蒐證，有很高的可能性會檢驗出血跡喲。之所以不會有警察搜查，單純只是因為人們有著『這種地方不可能會發生殺人案』的先入為主觀念罷了……」

「遠藤，我知道了……簡而言之，就是得在黎明前把全部目擊者給殺了對吧。」

「沒錯。」

「剩下七小時四十五分……不，是四十四分。」

「剩沒多少時間囉。仲津田，你知道的吧？」

「咦？我？我當然知道啊。」

「想不到仲津田還滿聽話的呢。」

「說那什麼話呀。就算是我，在這時候也不會耍任性啦。」

「你之前不是還很堅持，希望在對方還活著的時候肢解嗎？」

「那是因為對方是我喜歡的類型……不不，就別說這個了吧？唐原，拜託不要老調重彈好嗎？」

「這次沒時間玩啊。不準確地讓對方斃命的話，時間可就不夠用了。」

「都說我知道啦。況且，現在面臨的是這個『團體』的存續危機不是嗎？有同伴可以一同享受共通的興趣，這樣的日子好不容易來臨了……我也不希望這樣的日子消失不見啊。」

「你知道就好。保險起見，遠藤能幫我盯著仲津田不要玩過頭嗎？」

「好的。」

「我還真是沒信用耶。」

「抱歉囉，仲津田。」

「唐原，我們差不多該動身了吧？如果還在這悠哉下去，小心他們跑了。」

「說的也是。」

「那這具屍體該怎麼辦？」

「有確認他死亡了嗎？」

「是。」

「那就照老樣子，先藏起來放著。解體的話，等全部殺光後再一起處理才比較有效率。」

「總之我先拿塑膠布蓋上。假使萬一有人走在路上，也不會發現吧。」

「還要注意別讓貓把布抓開。」

「好的，那我也把網子蓋上。」

「那我們出發吧。」

「走吧。」

我們一直屏息躲在腳踏車店的陰暗處。

在靜謐的黑暗中，可微微聽見那群看似「團體」之人的語音。

因為那群人都是悄聲交談，並無法清楚聽到交談內容，但可以聽出其中有一名女性、三名男性的聲音。

是因為恐懼心理的影響嗎？聲音好像越發變得響亮。我蹲下耳貼地面，些許潮溼的柏油路面氣味令人心煩。

沒有錯，那細微的腳步聲正緩緩朝這接近。

「……他們要朝這來了。」

「阿明，我們該怎麼辦……該怎麼辦？」

惠美抓住我的衣袖。澄夫與將司也以乞求援助的眼神看著我。

這時候該怎麼辦，就連我也不知道。

我也希望別人來救救自己。

「現在輕舉妄動的話會被發現的。」

即便如此，我還是只能發言。

「先躲在這裡吧。我們就這麼安靜地躲著，先瞞過他們的耳目……之後小心別讓他們察覺，往反方向逃跑。」

惠美她依靠我，她正感到不安。

「我認為在這『夜』裡的吉祥寺夠寬闊，要找到我們也不是那麼簡單的事。只要小心留意，一定能逃過一劫。」

得由我來發號施令……

「對、對呀，說的沒錯。」

將司看著我點頭。

「就沒有人帶什麼武器嗎？」
京香小聲說道。
「怎麼可能會有那種東西啦……頂多只有剛剛在超商買的開罐器。」
「將司，你明明是個男的，還真沒用耶。」
「少在那邊惡言相向，然後安靜點好嗎……會被發現的耶。」
腳踏車店旁的小路不僅狹窄，還堆滿了盆栽等東西，就構造上來說從外頭大馬路上很難望得進小路裡。
只要躲在這裡，應該不會被大馬路上的人瞧見才是。如果事先知道我們潛藏在這那又是另外一回事了，不過他們會不察覺這裡而經過的可能性頗高。
放心，沒事的。
我聽著逐漸靠近的腳步聲，對自己這麼說。
可以感到惠美抓著我衣袖的手正在發抖。那雪白的手顯得瘦小又無力。即便如此，惠美依然緊抿嘴脣，忍耐著恐懼。她與我眼神交會時，還微微點頭給我看，像是在說「我沒事」。
「……」
我將自己的手放到惠美手上。惠美手部的顫抖……稍微鎮靜下來了。

完全聽不見他們的談話聲。方才還大肆暢談對話著呢。在這不舒適的無聲環境中，人影逐漸逼近。

我們也不多閒聊，努力試著消除自己存在的氣息。

澄夫摀住自己的嘴，試著連呼吸聲都想消去。至於我的話，很怕自己心臟不停跳動的聲響會傳入他們耳裡。

腳步聲就在附近。

我可以想像在腳踏車店前面走動的人影，沙、沙地摩擦柏油路面的腳步聲。

惠美觸碰我手臂的手顫抖個不停。

快走。

就這麼走過去。

我們全員應該都在如此祈禱吧。

然而那祈禱卻顯得空虛無助，澄夫被刺了一刀。

「嗚哇、嗚哇、嗚哇啊啊啊啊！」

蹲在離大路最近的正是澄夫。

看來他之所以會遭刺也只是因為那個理由吧。

事情真的只發生在一瞬間。

死角……男人自腳踏車店牆邊一現身後，筆直朝我們衝來。可以看見男的好像揮舞了什麼東西後，立刻就聽見澄夫的哀號。

某種像水滴的東西一點一滴打在我臉上。

「快逃啊！」

將司大吼，宛如脫兔般急奔向大馬路的相反方向。隨後美智子小姐、京香以及惠美也跟上。

「澄夫，動作快啊！」

我握著連滾帶爬與男性拉開距離的澄夫的手，拉他一把讓他起身。

「死了、死了、我死了啦！糟了啦！大難臨頭啦！」

掌中有種暖暖且滑溜的感觸。是澄夫的血。腦海裡雖閃過一道危險的印象，但現在昏暗到不知他傷得有多重。我緊握住澄夫那易於滑落的手臂。

「我怎麼了？我到底怎麼了！快、快告訴我！」

我不回答，而是大力拉扯澄夫。示意要他別管那麼多了，趕快逃命更重要。澄夫覺得混亂但依然跟著我跑離現場。

「好……好痛！好痛啊！」

他一邊叫喊一邊跟上。看來澄夫所受的傷勢還能讓他跑動。

可以看見男人的影子緊追在澄夫身後。

身高與我相差無幾，明顯比將司矮。從剪影來看，他身形細瘦，看起來並不強壯。然而其壓迫感卻非比尋常。他手持刀刃，不發一語地追著我們。

先前他毫不猶豫，也沒有半點遲疑就刺向澄夫。

就連要我們拿菜刀對著人都會感到抗拒，若是刺向活生生的人類的話，想必連手都會抖個不停。就算不得不刺，大概也會閉上眼睛……一邊喊著些自己都覺得莫名其妙的吆喝吧，我想。

但那人不一樣。他若無其事且迅速地刺出一刀。

與切菜沒兩樣。他習以為常。將這種行為視為日常生活的一部分並接納。

不可能打得過那傢伙的。

只能逃命……

「嗚喔、嗚喔，等等我、等等我。別丟下我。」

澄夫號哭著奔跑。但他的速度滿快的，一不注意可能就會被他追過。想必他是被逼到絕境，使出了火災現場才會有的怪力吧。

我一瞬間回頭看了一下，那男的也奔跑著追趕，但距離正被拉開。我手往旁邊一伸，將那些觀葉植物連植栽盆扯倒，響起喀鏘好大一聲。如果順利的話，應該可以阻礙跑著追趕我們的男人。

「大家跑哪去？在哪？喂阿明，我們被丟下了啦，慘了啦！」

經澄夫這麼一說，我往前看才發現，已經看不見惠美她們了。

是因為這片黑暗跟丟的嗎？

「往這邊！」

我相信大家都已平安逃離，總之我現在只能逃出這男人的魔掌。我拉著澄夫進入小巷，來到大型家電量販店的後方。一袋袋垃圾散落於髒亂公寓前方。有些垃圾更因袋子破裂露在外頭。這裡幾乎沒人打掃吧。據說這一帶以前是晚上的鬧區，但因為隨著實施「夜」制度後，絕大多數的店家倒閉，如今成了廢屋或是房租極度便宜之住家比鄰的寂寥之處。

小巷裡動線複雜曲折，路寬狹窄。到處都是垃圾或他人遺棄的架子以及其他雜物，視野也很差。只要毫無規則地前進，應該能成功混淆追趕者。

「哈、哈、哈。」

澄夫的呼吸重而急促。他一開始雖然全力奔跑，在重複過彎後腳步也開始變得不穩起來。他無力地左搖右擺，看起來都快跌跤了。因為我拉著那樣的澄夫奔跑，自己的呼吸也開始變亂。

鬆開手跑起來不是比較輕鬆嗎？

就扔著澄夫別管吧。

我腦中浮現出如此想法。

如果對方是惠美或將司，我是不會置之不理的。

但他是澄夫。

雖然算是同班同學，但我跟他交情並沒有好到那種程度。硬要說的話，我不怎麼喜歡他。話又說回來，這傢伙可是要去參觀別人自殺才到「夜」裡來。這種人就算死了不也無關緊要？就像是自作自受一樣。況且現在狀況緊急，我救了澄夫後，也很有可能會連同澄夫一起被宰了。

後方有個殺人魔在，他還在追趕我們……只要棄澄夫於不顧，殺人魔就會了結他的性命。只要利用那段空檔，說不定就能逃離魔爪。我，說不定就能逃離魔爪……

腦子裡思緒正高速飛躍奔走。

汗流浹背跑在滿是垃圾的路上，各式各樣的想像於腦海內交錯。

閃著銀光的凶器、滿身是血倒下的澄夫、以悲傷憎恨的眼神看著我離他而去的澄夫。還有……渾身淌血倒在垃圾堆裡的我。

不要，我不想死。

我不想死。

快放手。

就算丟下澄夫，也沒人會責備我。

我感到體內奔騰流動的溫熱血液，在其中一瞬間變得冰冷。

在小巷裡轉彎，再度轉彎。

在轉彎時，我握著澄夫胳臂的手會被施上離心力。只要放任那股作用力……盡量裝成一切都是不小心發生。

手指一根接著一根地鬆開，我的掌心傳來冰冷涼風的觸感。

這樣就沒問題了。

罪惡感與安心感。我感受著這兩種情感混合後有如腐敗蘋果的氣味，又往地面一蹬。

就在這時。

有種溫熱的東西纏上我的手臂。

我下意識回頭一望，原來是澄夫。是澄夫抓著我的手臂。雖然看不見他的表情，但他抓著我的手力道強硬，而且宛如火焰炙熱。甚至讓我以為自己的手與澄夫的手掌熔接了起來……

看來我怎麼甩也無法甩下他。

澄夫咬牙切齒。我將食指立於嘴脣前，示意要他安靜。

「好痛。好痛……」

「……」

他很像真的很痛。

我以自雲間灑落的微弱星光一看，可見澄夫左手臂、手腕到手肘間有道相當大的傷口。傷口很深，深到令人以為傷口是否貫穿至另一側去了。黑色液體潺潺流出。要我說實話的話，如果在光線明亮的狀態下，我沒自信敢直視這副景象。他右手的指頭與掌上也有傷口。右手上的傷口比較淺，是因為左手被砍傷時掙扎所受的傷吧。

「那個人實在太誇張啦。我可是為了不讓他們聽到呼吸聲，還把嘴巴塞住……只是剛好手露在那邊，結果只是手被刺傷而已。如果不是那樣的話……恐怕我的頭就……」

澄夫全身瘋狂顫抖。

我們衝進眼前可見的商辦大樓逃生梯。因為我認為堆疊而上的紙箱恰好成了死角，正好可以拿來當成藏身之地。

我重複將耳朵貼在地面，稍微探頭出去觀察周圍情勢。

毫無聲響，也無人影。

看來成功擺脫對方追捕了。說不定對方改去追捕惠美他們也說不一定……

「嗚嗚嗚……好寂寞，喂，阿明你說點話好嗎？我好怕啊……」

「……我們好像甩掉剛剛那傢伙了。」

「是、是嗎……」

澄夫對我鬆開手一事是怎麼認為的呢？說不定他並不認為我是故意那麼做的。澄夫對那件事不發一語。不過，我卻覺得有些尷尬。

不過澄夫抖成那樣也不尋常。莫非因為失血量太多導致體溫下降？我取出手帕，包紮在澄夫上臂並拉緊、打結固定好。

「痛！喂……你那是在做什麼啊？」

「我想說止血一下應該比較好。」

「你說止血，是那麼做的嗎？」

「抱歉……我也不懂，其實印象很模糊。不過，應該要止住動脈出血不是嗎？」

「別只是止血，好好幫我處理傷口嘛。」

「少強人所難了。要是一個沒處理好小心病菌跑進去。我想那還是請醫院幫忙處理比較好……」

「醫院？都這個時間了……」

澄夫又咬牙切齒。好像非常痛，額頭上更浮出油汗。

「惠美他們不知道有沒有擺脫他們。」

我這麼說道。

「誰知道咧，要擺脫他們可是相當吃力的耶。」

「什麼意思？」

「阿明，難道你沒看到那傢伙的臉嗎……」

「臉？不，我沒看到。我沒那閒功夫去注意啊。」

「我看得很清楚啊。他有戴目鏡。會在這種黑夜裡戴的目鏡只有一種。那個絕對是夜視鏡。」

「夜視鏡？你是說像你帶的望遠鏡那種東西嗎？」

「沒錯。他們連個手電筒都沒拿就在跑動，這讓我很納悶。他們一定有配備夜視鏡。對他們來說，在『夜』裡看起來幾乎就跟白天沒兩樣。」

「夜視鏡那種東西，很容易就買得到嗎？」

「你真的什麼都不懂耶，當然買得到啊。去那種生存遊戲用具店，或是網購就買得到了。雖然美國來的進口品很多又很貴，但甚至買得到軍方的淘汰品咧。」

「進口？打從能源危機後，我們不是就沒跟美國進行自由貿易了？」

「沒錯，但並不是完全沒有貿易啊。雖然會被課很高的關稅，但這種東西就是會有狂熱分子想買，所以才有業者做這種交易。另外美國那邊因為能透過從加拿大買來的鈾礦進行核能發電，所以才沒什麼『夜』制度。也有人買來做一般的娛樂用途。」

我怎麼可能會知道那種事。

心裡雖這麼想，但立刻有股別的恐懼湧上心頭。

對方裝備著夜視鏡？

我們這裡只有澄夫的夜視望遠鏡以及將司的手電筒等等能在黑夜見物的東西。要說還有其他會發光的東西的話，就是手機的照明吧。但憑那種光量不僅無法照路，反而像在對敵方透露自己的行蹤。

「『團體』那群人果然是專業級的。不對，說專業級好像有些怪。不過，他們確實準備得很周到。暗成這樣還能殺人、處理屍體……他們擁有萬全的準備能讓這些流程順暢進行……這下真的慘了……」

澄夫再度顫抖。

我也一樣。

夜視鏡。對方在這片黑暗中依然看得見我們的身影。我們像是被矇眼的羊隻，在黑夜懼怕著不知會從何而來的敵人，只能驚慌逃竄。對方則是手持凶器，目光銳利、渴望鮮血的狼群。

毫無勝算。

要說我方有任何優勢的話，就屬人數較多這點吧。另外還有時間限制這點也是。在「夜」結束前只要想盡辦法脫逃，就是我們贏了。警察等其他社會壓力便會止住他們手腳。

反之，「團體」正因為清楚那一點，所以他們無論如何都會趁在「夜」裡結束我們的性命吧。「夜」裡他們是握有壓倒性優勢的強者，是他們化為世界支配者的時段。我們得在「屬於他們的時間」如此不利的條件下，逃過他們的追殺。

成功逃離就是我們得勝。

我們全員死亡的話便是「團體」獲勝。

「團體」對我們挑起一場賭命的比試。

「所以是因為對方有夜視鏡，才會輕易就找到我們？」

「我們都躲進死角裡了，就算是夜視鏡也沒辦法隔牆透視才對……不，好像不是這樣……原來如此。」

「怎麼了？」

「那時候大家不是拿我的夜視望遠鏡看他們嗎？他們大概就是在那時候發現的。」

「什麼意思啊？」

「我的夜視望遠鏡是所謂的主動式，採取自體發射紅外線後，將反射回來的紅外線視覺化的機制。你看這裡。」

澄夫指著望遠鏡正中央，那裡有個像小燈泡的東西。

「紅外線會從這裡照出去。人眼雖然看不到紅外線，但是它具有與可視光一樣的性質，碰到物體就會反射回來。這目鏡可以偵測反彈回來的紅外線顯現出影像。整個機制就是這樣。所以……對方如果也有同樣機制的夜視裝置的話，位置可就一清二楚啦。這就跟對著看得見紅外線的人，拿紅外線手電筒照他是一樣的道理。」

我陷入沉思。

這麼一來，也無法輕易使用夜視望遠鏡。一旦進入對方視野內，只要在啟動開關那一瞬間，位置馬上就會遭到掌握。夜視望遠鏡可說是我們的「眼睛」，這樣就等同光是使用「眼睛」反而會暴露自己行蹤……

風險太大。

就算如此，如果不動用望遠鏡，情況也會演變成只有對方能在這片漆黑裡自由見物。那麼一來不僅難以脫逃，也無法與惠美她們會合……

這下到底該怎麼辦才好？

我有種被逼到絕境的感受，在黑夜中闔上眼睛。

等等。

腦內突然湧現一股想法。

「你說『團體』他們用的夜視鏡也會發出紅外線對吧？」

澄夫點頭。

「是啊。雖然還有其他機制的夜視裝置，但假設對方看得見我們這邊的紅外線的話，我認為雙方的裝備應該都一樣。」

「原來如此。」

「當然，用這望遠鏡也看得到對方發出來的紅外線才對。如果雙方都是配有夜視裝置的人，那彼此的位置可就一清二楚了。」

「我說啊，關於那個夜視望遠鏡……能不能把發射紅外線的地方擋住，讓它感光就好啊……」

「啊？什麼意思？」

「我的意思是，這望遠鏡不是有兩種機能嗎？第一是發射紅外線，第二是『觀看』紅外線的機能對吧？」

「是沒錯。」

「所以囉，我們就刻意不去使用第一項機能就行啦。」

我以指頭覆蓋住紅外線燈的部分。

「在這狀態下，我方不會發出紅外線。但是『觀看』紅外線的機能還在運作。這麼一來……不就能得知對方發出來的紅外線了？」

雙方互有『觀看』紅外線的能力，但我方不發射紅外線，只讓對手發出。如果辦得到，光憑這樣就得以探測出對方的位置。

「……我沒那麼用過。」

「如果辦得到，就能一邊確認『團體』的人在哪，一面隱密行動。」

「理論上是那樣沒錯，但我可不知道能不能只感光而已。」

「試試看吧。」

「試？你要怎麼試啊？」

我不回答澄夫的提問，反而取出手機。

實驗結果相當良好。

在按下手機的紅外線發送鈕時，透過夜視望遠鏡能瞧見微薄的綠光。夜視望遠鏡的紅外線燈則處在覆蓋狀態下。這下成功證明望遠鏡可在只有受光狀態下使用。

「不過光靠這樣，可無法發揮做為夜視裝置的用途啊。」

澄夫說得對。自己如果不射出紅外線，根本無法探測反射回來的紅外線。就算用望遠鏡看，也瞧不見什麼，只會顯現一片漆黑。倒不如直接用肉眼觀察，走起路來還比較方便。

但我們也別無他法。

這機械已經不是「夜視裝置」，而是變化成「『團體』探測裝置」，現在只能這樣改變想法了。

「那我們就像這樣交互來看，反覆拿望遠鏡跟用肉眼看來前進吧。」

「……原來如此。」

「望遠鏡能看見紅外線，不，是將紅外線轉化成綠光對吧。如果能看見綠光的話……也就代表那是某人使用夜視鏡所發射出來的紅外線。代表那就是他們的視野。」

「……」

絕對不能進到對方的視野裡。

一旦被發現，這下就真的玩完了。

不過與方才相比，我的心頭湧起鬥志。

跟毫無對策時不同，現在我們並非只能被追著跑的老鼠。

我方也有得知對方「動向」的方法。雖然不知道自夜視鏡發射出來的紅外線能抵達多遠距離。但至少能到一百公尺遠吧。

對方是否靠近或遠離，或是面向哪裡……這些都能判別。只要避免雙方遭遇並慎重行動的話，就能免於被發現而成功逃過一劫。

可行。

是我太樂觀了嗎？

但我覺得可行。

「澄夫，你走得動嗎？」

「……」

澄夫疲倦地抬頭看著我。可以很清楚他並不想走動。

「你是怎樣？打算上哪去嗎？」

「我要去救惠美他們。」

「不可能啦。我們會早在其他人被發現前就先被逮到，或是惠美他們會先慘遭毒手。別輕舉妄動，就乖乖地待在這裡吧。」

「那可不行。」

只要有這具夜視望遠鏡，很有可能全員都能平安無事脫逃。只要能與惠美他們會合，就能一同生存到最後。現在惠美他們應該在黑暗中漫無目的地逃跑。將這狀況也考慮上的話，就得盡早會合才行，早一秒也好……

「什麼嘛，聽你神氣的……難道你想說那樣做才正確？聽清楚，我可是受傷了耶。如果你也受傷了，你還說得出那種話嗎？」

「……我並沒有想要逞威風的意思。」

「明明就有。而且那副望遠鏡可是我的東西，你沒了望遠鏡就束手無策還敢說。」

「這……」

「如果我要你把望遠鏡還我，你打算怎麼辦啊？」

「……」

這句話令我全身僵硬。

問我打算怎麼辦？就算問我也……

我……

澄夫自嘲似的一笑後，按著傷口無力地起身。

「……我只是想說說看罷了……別擺出那種表情嘛。」

經澄夫一說後我才回過神來。

澄夫老實且腳步踉蹌地邁開步伐。

我剛剛到底露出怎樣的表情？

我試著拍拍自己的臉頰，但摸到的只是冰冷的肌膚。

嘰————……

這該說是夜裡黑暗與黑暗互相摩擦發出的聲響嗎？

到處都能聽見細碎微弱且尖銳的聲響，好像與之前聽到的聲響相同。雖覺得刺耳，但不至於覺得吵雜。

說不定這是自己耳鳴。說不定，這是只在我耳裡鳴響的聲音罷了。體內有股接近目眩的感覺奔走，我一瞬間閉起眼。

一面看著望遠鏡又摘掉望遠鏡行進，是項比想像中還來得疲累的作業。更重要的是，眼睛會感到疲勞。透過夜視望遠鏡看出去的世界並非一片黑暗，可瞧見類似細微粒子的東西。感覺就像在近距離看著電視斷訊的灰色畫面一樣。眼睛發疼、我隨之揉眼、眨眼，我重複上述動作與澄夫一同前進。

穿過雜亂無章的地帶後，可以看見井之頭線的高架鐵軌。

「喂，阿明我說你啊……你是心裡有個確定方向在走的嗎？」

「……」

「你不知道惠美或將司他們在哪吧？是說大家有沒有在一起也不知道啊。說不定他們都四散了……也有可能早就被殺然後大卸八塊了。關於這點，你是怎麼想的？」

說真的，我也不知道。

「總之大家應該是朝京香她家去才對。京香家就在對面那側，她們應該是往這方向前進的。」

「阿明……你知道京香家在哪嗎？」

「……我不知道詳細地點。」

「喂喂，你這樣是要怎麼辦啊……」

澄夫發出聽起來明顯帶著不愉快的聲音。

「那有什麼辦法，不知道的事說再多也沒用……倒是你自己注意腳邊，有石頭啊。」

「……啊啊，抱歉，阿明。換我來看望遠鏡吧？」

「那就拜託了。」

我扶著腳步踉蹌的澄夫行走。澄夫自方才一直抱怨，然而偶爾會像這樣依賴我的幫助。

總覺得有些奇妙。

澄夫他當然不想再走下去吧。人都受傷了，應該也想靜靜地待在某處才是。然而我不在身邊陪著的話想必他也會害怕，所以想將我留下，因此他多少也得聽從我的意見。

我也一樣。可以的話，我也想丟下澄夫去拯救惠美。但我又想借用望遠鏡，最重要的是我也不想放澄夫一人……不想變成那樣的壞傢伙。我的心裡某種情緒不允許自己那麼做。那並非正義感或其他情感。只是至今我不用那麼做而一路活過來……就那麼乾脆地棄他人於不顧讓我覺得害怕，僅僅如此罷了。

我與澄夫互相刺探對方利己心態中間的妥協地帶，如今我們在那臨界點上互助行動。那是種有股心裡打著算盤味道的互相合作。

真是令人討厭的氣氛。

這比單純吵架還來得令人厭惡。

在小巷裡逐一觀察情況，大路上則盡量躲在邊緣隱身前進。我與澄夫集中全副神經警戒「團體」成員，但完全沒有會遇上他們的感受。

夜視望遠鏡裡並未映出任何光芒。我們有時甚至還會確認望遠鏡開關是否有打開。難道「團體」不在附近嗎？

就算未感覺他們的存在，靜謐的夜晚街道極其詭異。

拉上鐵門的商店街、沒了照明的看板、無人車通行的道路……以上都如同未知的遺跡般包圍著我們。

大意不得。

他們無疑一定就在某處。

那些標榜有著名為夜視鏡的綠眼、在路上徘徊找尋我們的那些人……

銀行、拉麵店、十圓商店、停車場、印有藝人照片的海報、描繪著五顏六色蔬果的看板、設計得繽紛多色的企業標誌……

存在於街上的各式各樣色彩都失去個性，收束成黑與白的對比。一切正像吉祥寺這座街道褪去了所有色彩一樣。

看上去與白日時的街道相似，但在多數地方上氣氛卻大相逕庭。是名為「夜」的平行世界。在這裡有著自眼裡射出紅外線的怪物徘徊、吞噬人類，只要一大意而失足踏入將被奪走性命並解體。宛如名為夜晚的空氣會溶解人體關節似的……

我有種迷路到了現實世界內側的幻覺，微微顫抖。

道路敞開，正面可瞧見吉祥寺車站。

可看見與巨大圓環及商業設施一體化的車站大樓。

與在巷弄不同，天空看來格外寬敞，宛如潑灑墨汁填滿後的夜空。

哩————……

從左耳側後方傳來某種聲響。

「我說……剛剛那個是蟲叫聲嗎？」

澄夫突然這麼說。

「原來澄夫你也聽得見啊。」

「什麼？我當然聽得見啊。」

「不是啦，我還以為是我耳鳴還怎樣……」

「那不是你耳鳴吧。那種聲音我記得今天好像聽過好幾次了。」

「……」

的確有聽見。

嘟————……

這次換從右邊傳來聲響。

在森林裡、在街上也都聽得見。

而且聲響自右邊及左邊穿來。難道聲響發出位置不同嗎？簡直就像被聲響包圍住……

「啊。」

我不禁叫出一聲。

「你幹麼突然停下來啦，阿明？」

腦內浮現出不好的想像。

如果那聲響不是野生動物也非風吹，而是人為製造出的聲響……也就是說，假設相隔有段距離的「團體」成員……正在互相打暗號的話呢……？

嘰——……

聲音在靜謐的街道上相當響亮。雖然沒大到能正確掌握其位置，但可明顯判斷出其方位。

「喂，阿明，你是怎麼了？」

「那個聲音，會不會是笛聲？」

「笛聲？你是說誰在吹笛子啊……咦？該不會。」

「……」

澄夫似乎推測到我在想些什麼，他的表情變得陰沉。

「難道有那種音色的笛子……？」

「我不曉得。提到笛聲，我也只知道哨子、直笛這些東西而已……」

「我也不太懂。不過有聽說過，最近的哨子可不得了啊。」

「不得了是指哪裡不得了？」

「比如說電子哨啦、兩段式哨子等等……還有聲音可以傳送到相當遠距離的哨子，吹得出複數聲響、比如會令人提高或降低警戒的聲音之類不同用途的哨子。」

「降低警戒的聲音？」

「不是有那種突然響起警笛般的笛聲、讓人大感不妙的情境嗎？足球比賽犯規時，也會吹出讓選手不自覺停下的警告音。反之，當作開賽信號時就吹相對柔和的音色……之類的。」

「光靠一個哨子就能辦到那麼多事？」

「沒錯。不過那是一個要五千或一萬圓的高級哨子才可以啦。」

……

如果有那種哨子……互相傳遞信息就簡單多了。在沒有其他巨大聲響的「夜」裡，任何聲音都清晰可聞，甚至也能靠哨聲打摩斯密碼吧。就算不做到那麼複雜，只要事先協議好簡單的模式，拿來當成簡易的通信方式也是十分有用。

聽到的聲響雖不如一般哨子尖銳，但那說不定就如澄夫所言，是高級品或經過調整後的哨子。

冷汗開始在背上擴散。

「團體」正在互相聯絡。

他們互相吹出聲響，聲音飛過我們上空傳至遠方。

我們遭受阻隔，無法得知彼此的位置，只能在漆黑中走一步算一步。但他們卻彷彿正在對話，互相聯絡該如何處置我們。我有種已落入他們魔掌而無處可逃的心境。

「如果他們互相聯絡，就表示正在討論些什麼吧。」

澄夫以宛如蚊鳴的音量輕聲說。

他的話在我腦海裡砰地一聲掉落，激起漣漪後消逝。

在討論些什麼？

要說他們有事得討論的話，那就是……

對方應該還在找我們。他們應該想分頭找我們，找到後全員集合、一口氣了結我們性命才是……

哩————……

發出聲響的位置變了。

剛剛那聲音應該是從離車站有段距離的地方發出的。

越來越接近車站了。就在我們附近。

大事不妙。

「澄夫。」

我輕聲一喚，澄夫似乎也理解我的意思。

我們蹲著躲在吸菸區的大型菸灰桶後，一邊留意盡量別將身體暴露在外。我朝一片黑暗的空間拿起夜視望遠鏡觀看。

有了。

散發綠光走在路上的人。

那人面部區塊散發著綠光。那應該是夜視鏡的紅外線燈吧。顏面與上半身蒙上一陣朦朧的綠，下半身則昏暗不清。那人簡直就像條在深海以發光器官照著海底前進的燈籠魚，緩緩地提防周遭而行。

是個穿著運動服的削瘦男性。

他一定就是方才鳴笛的人。

我們在圓環中心的吸菸區，距離那男子約兩百公尺遠。男子經過圓環彼端、朝著車站走在百貨公司前的路上。現在情況是他的側面對著我們。

男子毫不回頭，只左右張望前方筆直前進。他再走下去就會穿過高架鐵路，抵達車站另一端吧。井之頭公園就在那邊。

「阿明？」

「沒事。那傢伙朝著車站另一側過去了。」

「我們沒被發現啊？看來這夜視望遠鏡派上用場啦。」

「是啊。」

「……怎麼了？」

我放下望遠鏡，開口說道：

「他們說不定正在集合。」

「集合？」

「你有聽過嘰——的聲音吧？」

「有，你是說那個像蟲叫的聲音吧？有聽到從車站另一側傳來。」

「從剛剛開始，就只有那個聲音會從同個方向傳來啊。」

「是嗎？」

「哩——跟嘟——這兩個聲音都在移動。而且都在朝向嘰——的方向。」

「原來有那麼多種類啊……？我聽起來每個音都一樣說。」

澄夫搔搔頭。

「至少也絕對有兩種。特別是在三鷹山的時候我也有聽到嘰——的聲音，所以有印象。那聲音的意思……該不會是代表發現獵物了吧？」

「你說什麼？」

「也就是說，有人發現獵物時，就吹嘰——的音，其他人循著嘰——的聲音去會合然後一起攻擊獵物。像其他人所吹的……哩——或是嘟——不僅表示收到了嘰的傳令信號，也是通知對方要花多少時間才能集合。」

「……那只是你的推測吧？」

「不過，我實際上也看到有個人往嘰——的方向過去了。」

「……」

「地點是井之頭公園。」

澄夫開始顫抖。

他可能已經猜到我想說些什麼了。

「澄夫……」

「我不要。我不去喔。」

「出發去井之頭公園吧。」

「我不是跟你說我不去了？你是傻子啊？『團體』的人都在集合了，你還跑去哪邊是想怎樣？」

「……我得去救惠美他們才行。」

井之頭公園。

如果我推論的沒錯，惠美他們就在那。

他們不但在那裡，還被「團體」的人發現了。

惠美他們沒有夜視望遠鏡，可能也未察覺這笛聲的涵義。

不去救他們不行……

再這麼下去的話，惠美一定會被大卸八塊吧。

雖說「團體」的成員正往該處聚集，但我覺得如果是井之頭公園，總會有辦法的。井之頭公園是以井之頭池為中心的巨大公園，裡面有乘船處、神社，甚至還有小舞臺等設施。不僅高低落差幅度大，四處林木叢生，也有許多長凳或遊樂設施。這些東西應該能掩蓋我的身影。

反之，這對尋人者是個棘手的地方。即便有夜視鏡的神助，在這寬闊地區內要找出躲藏的人也並非易事吧。再加上，我方還能以夜視望遠鏡偵測對方的視野。

如果是在井之頭公園裡，反倒對我比較有利不是嗎？可行。

我覺得可行。

瞞過「團體」成員的耳目，與惠美他們會合，順利逃離……

去吧。如今只有上陣拚搏一途。

我穿過舊書店旁，朝著井之頭公園奔跑。

結果丟下澄夫一人獨自前往，反而給了我自信。與方才相比，身體變得壓倒性地輕盈。一旦感到危險，情急之下也能躲藏起來，甚至認為現在的自己無所不能。

澄夫那混帳。

始終堅持自己無論如何都不想去，根本沒得商量。想不到他壓根沒有拯救同伴的心，叫人無言以對。話又說回來，害我們捲進這場災難的不正是你們嗎？

我輕輕咂舌。

算了，反正最後也借到望遠鏡了。雖然我幾乎是強迫他交出來的……唯獨這點無法妥協。澄夫雖然表情一臉複雜，最後還是屈服了。他或許認為就算自己拒絕，我也會硬生生搶過來吧。

只要有了這望遠鏡，澄夫根本只是礙手礙腳的存在。

就結果上來說，這說不定是最好的形式。

我在心裡自我贊同，繼續奔跑。

穿過井之頭線的高架鐵路，前往滿是住商混合大樓的路上。有時會以望遠鏡確認周遭，但看不見那夥人的綠色光芒。以防萬一，我盡量選擇狹隘的小道，極力消去自己腳步聲前進。

跑下輪椅用的無障礙斜坡後，我進入井之頭公園裡。

潮溼的空氣竄進我的鼻腔。某處傳來潺潺的流水聲。這是自己來玩耍過無數次的地方，腦中有著此處的清楚構造。

我以夜視望遠鏡環視公園內一圈。

西側深處有兩道綠色光芒。

看起來並沒有在行動。

那人就是吹出「嘰——」笛聲的傢伙嗎？

藤蔓架與公共廁所之間，有兩人並肩站著。

應該是在等其他夥伴來會合吧。我慎重地躲好，穿越林間靠近。

「辛苦了，藤枝。」

「不會，唐原……」

「遠藤以及仲津田應該就快來了。」

「是嗎？」

「我記得總共還剩下四人？有我們兩個在，應該是殺得完的人數。在遠藤和仲津田來之前讓他們變成屍體吧，這樣待會就能馬上進行處理作業。」

「……」

「那麼，他們人在哪？」

「……」

「藤枝？你不是捕捉到動靜才叫我們來這裡嗎？」

「唐原。」

「是。」

「今天殺的那兩人……妳曾說過他們很像大學生是吧。」

「沒錯。」

「那是故意對我這麼說的嗎？」

「什麼意思？」

「不讓我參加那兩人的肢解作業，只讓我幫忙清掃也是因為那緣故吧。是不想讓我知道對吧。」

「我不清楚你在說些什麼。」

「他們……好像是高中生呢。」

「……」

「我看到了。在追人的時候，其中有幾個是穿著制服的。」

「是嗎？」

「而且，那還是我們學校的制服。」

「所以呢？」

「你知道我是高中的教職員吧？」

「是呀，我以前聽說過你是教生物的。」

「我殺不了他們。」

「……什麼？」

「我殺不了。」

「你在說些什麼呀？」

「還不懂嗎？我愛我的學生。成績是否出色、品行是否優良都沒關係，我身為教師……」

「那又怎樣？兩件事根本無關不是？」

「我要是在這裡殺了人會怎樣？到了『白晝』前往教室，發現有幾個空座位。那是我殺掉的學生的座位。面臨那種情況，我還能平心靜氣教課嗎？我能點名、回答學生的問題嗎？怎麼可能啊？」

「藤枝……」

「是。」

「真讓人意外呢。我還以為你切割得挺乾淨的。」

「不，那是……」

「就在一個月前，你不是還笑著把ＯＬ的眼球挖出來？那樣的藤枝現在卻在訴說自己身為教師的倫理道德呀？」

「我……」

「你不是每次玩完後，都會只帶眼球回去嗎？你拿眼球回去都在做些什麼？」

「我只是拿來裝飾而已。」

「那不會萎縮掉嗎？」

「我會泡在調整過滲透壓的溶液裡，放入冰箱。」

「那麼做有什麼意義？」

「很漂亮啊，彷彿寶石一樣，就像葡萄粒……與其對望的話，我一點也不會生膩。」

「就算你嘴上這麼說，事到如今卻扯什麼學生很可愛所以下不了手，我也沒辦法呢。」

「……」

「你很矛盾啊，藤枝。」

「……可是。」

「可是什麼？」

「唐原妳自己不也有女兒嗎？如果躲在那的是妳女兒，妳下得了手？」

「……」

「妳一定下不了手。我殺不了、殺不了認識的人。會湧上情感的人我可沒辦法啊。這下我懂了，我能殺得開開心心的，只有那些我不認識的陌生人。這只要稍微想想就會懂了吧……談起狩獵，要殺那些麻雀很簡單。但妳能毫不猶豫地開槍獵殺帶著小孩的野豬嗎？絕對下不了手的啦。就算殺了也不有趣。人類的思維就是這麼回事。」

「……」

「妳在笑什麼呀，唐原？」

「我……如果對象是女兒，反而會更興奮。」

「……」

「該說是打破禁忌的快感嗎……」

「唐原……」

「不錯耶。我都沒想過呢，藤枝。原來如此，女兒呀。不過我只有兩個女兒，只能品嘗個兩次就結束了。」

「唐原，我說妳——」

「啊啊，抱歉。話扯遠了。不過藤枝，你仔細想想，現在可不是爭論殺了有不有趣的時候囉？」

「……」

「為了隱瞞我們的罪行，這是非殺不可的。」

「我辦不到。」

「那你打算怎麼辦？看著我下手嗎？」

「……那我也辦不到。我辦不到啊……」

「原來如此，你之所以不告訴我他們躲在哪也是這原因啊。嗯——真傷腦筋呢。」

「唐原，妳就不能放過他們一馬嗎？」

「……你是認真的？」

「……是的。他們也沒撞見真正的事發現場，就連犯人是誰也一點頭緒都沒有。他們不會再度踏進『夜』裡了吧。不，就由我來指導他們別踏——」

咻。

傳出宛如空氣自莫名地方漏出的聲響後，其中一道綠光掉落地面。

地面上兩團綠光一抖一抖震動，紅外線由下而上不規則地映照出周圍的林木。我試著拿下望遠鏡定眼凝視，但看不清楚。只能勉強看出路上有兩道黑影合成一塊。

有草震動的聲音，也有硬物相碰時發出的鏗鏘聲響。

喀沙喀沙，喀沙喀沙，喀沙喀沙。

藤枝。

藤枝……該不會是教生物的禿頭藤吧？

我因為是文組的所以沒上過他的課，但曾在介紹教職員的冊子看過長相。是個約五十歲後半，接近退休年紀、一臉沉穩的老教師。那日漸稀疏的頭頂以及銀邊眼鏡是他的特徵。

咻。咻。

好像有種用嘴巴以外的某處孔洞呼吸的聲音，也有類似在翻攪具有黏性的肉團的聲響。

「唐、原——」

那裡正發生著什麼事。

「唰。」

方才的對話中斷，傳來一陣陣毫無意義的聲音。

「啊、咕——」

這什麼啊？到底是怎麼一回事？怎麼一切感覺就像一場惡夢？令我不禁想抱著頭。

我坐在離那兩團綠光約十公尺遠的櫸木根部，前方不遠處便有公共廁所以及藤蔓架，綠光在我眼睛高度盛開叢生的杜鵑花縫隙中探進。方才還聽得見的交談聲消逝，突然變得一聲不響。遠方好似傳來微弱的水聲以及蟲鳴。

死了嗎？

藤枝被殺了嗎？

這實在是太過突然。簡直就像假的。今天也死太多人了。死這麼多人，不打緊嗎？人們死去、追殺……一切也都發生得太過輕易了。

綠色光芒在黑暗中一閃而過。

凹凸不平的樹木表面、藤蔓架的柱子、長凳、廁所的水泥牆……陸續接著染上綠光。在那裡的人正以夜視鏡環顧周遭。

我的身體像遭冰凍一般僵硬，有種只要一動便會暴露行蹤的感覺。我手持望遠鏡停止呼吸閉眼，覺得自己不那麼做不行。我的世界真的變成了一片黑暗。

突然有股綠色香氣穿過鼻腔。真不可思議。覺得自己的嗅覺機能開始變得敏銳。土地的氣味、枝頭的氣味、樹幹的氣味……都聞得出來。血的氣味，一吸進如此嗆鼻濃厚的氣味後，甚至覺得自己倒在血泊中。在這裡頭，混有一股熟悉的味道。

……是惠美。

居然靠味道就知道是惠美，我是狗嗎？

不過，我的確感到惠美的氣息。我能分辨。她就在附近，惠美就在附近……

惠美。

只要一看便非常明顯。

可看出在黑暗中互相依偎而坐的人影。

就像看著已知有昆蟲擬態躲藏其中的照片，可辨別出他們輪廓形成的線條。惠美、將司、京香，以及美智子小姐。太好了，大家都平安無事呀。

四人躲在公共廁所後方。對四下尋人的唐原來說，廁所的水泥牆正好成了阻礙所以看不見。

離我躲藏的樹叢僅有兩公尺遠。

我一感到放心，淚水險些奪眶而出，但我立刻對自己這麼說：

現在要安心還太早。

「團體」之一的唐原人就在那。幸好對方看似尚未察覺我方位置……但其他成員想必也即將抵達。只要多人徹底搜索，我們馬上就會被發現。

逃跑的機會只能趁現在。

不能讓其化為泡影。

我挖起腳邊的土，以指頭揉成小塊狀擲出。

一塊、兩塊。

發現土塊的將司抬起頭。我朝將司再扔出一塊。

將司看著我瞪大眼睛。想必他心境與我雷同吧，他摘掉眼鏡、揉揉他那變得溼潤的雙眼笑了一下。將司以手勢表達其他三人的存在，多股視線看往這裡。在一片黑暗中，我也能感受到大家對我依然平安無事感到喜悅。

我將手指豎於脣前，以下顎指向唐原那裡。

將司也點點頭看似在說他也知道。

雙方所想的都能互相傳達。

很好。

我的腦海裡已構築出方案。

只要往公共廁所更裡面、朝西邊去的話，就會穿過有許多樹木的地方，抵達吉祥寺通。以草木為掩體、小心別被發現，然後以夜視望遠鏡確認唐原的視野，便能慢慢地逃脫到那。只要穿過公園抵達吉祥寺通的話沒問題，我覺得就算被發現，只需全力奔跑也是沒問題的。就算對方是多麼可怕的殺人魔，其奔跑速度應與我們相差無幾才是。

沒錯，沒必要無謂地懼怕對方。

冷靜仔細想想，結果我們大家都是人呀。

我方可得知對方的視野，笛聲信號也知道些脈絡。只要知道個中奧祕，就不足為奇了。

一點都不恐怖。

我以夜視望遠鏡看向唐原方位。

唐原的夜視鏡正朝著與公共廁所相反的方位，看來她的注意力放在藤蔓架或長凳上。

就是現在。

我自樹叢探出身子，跑過與公共廁所相距幾公尺遠的距離，衝向將司身旁。

無言地分享重逢的喜悅，我交替握著大家的手。

我以望遠鏡確認以策安全，看來並未被發覺。

根本輕而易舉呀。對方完全沒察覺。

美智子小姐淚眼汪汪地看著我，京香臉上滿是笑容，將司則露出一種半哭半笑的莫名表情。我也不出聲地一笑。

當我分別看著大家的面容時，惠美突然抱住我。

惠美以她那嬌小的身軀，使力地緊緊抱著我。好擔心你……好可怕……我不會再放開你了。雖然以上這些話她一句話都沒說，但她的心意確實傳達到我這來了。

有種溫暖、且令人懷念的味道。

雖然我也想這麼一直維持下去，但那也不行。我輕輕回抱過惠美後，溫柔地抽離身子。

隨後我比出手勢要大家耳朵湊過來，然後輕聲說道。

「我們離開這裡逃走吧。」

四人表情皆顯得黯然。

「放心。你們看，這是夜視望遠鏡。能夠探測對方的視野。」

「視、視野嗎……？」

「用這個就能逃跑而不被發現。」

我刻意如此斷言，早就想用些情緒比較強烈的字眼了。

現在可無暇議論，我試著對其他四人以及自己說「絕對沒問題」。

我指向吉祥寺通的方向，繼續說下去：

「我發出信號後，大家就跟著前進，然後盡量靜靜地移動，掩蓋自己的存在。我會在最前頭確認他們的視野。我舉手的話，大家就在原地躲起來別出聲，揮手……就繼續前進，不斷重複，OK嗎？」

四人雖顯得有些茫然，但依然點頭回應。

很好。

那就盡早行動為上策，我以望遠鏡探測唐原的視野。

太棒了，唐原人在藤蔓架前方、池塘旁那一帶，綠光正朦朧映照在附近的長凳上。距離拉得比剛才還開，看來神明是站在我們這邊的。

「走吧。」

我轉身發出前進信號邁開步伐。

非常順利。

我們在樹木間躲藏，朝向井之頭公園的出口前進。

我每走幾步就舉起望遠鏡確認，但唐原的夜視鏡未曾望向這裡。我們已經前進了一百公尺遠左右，離抵達吉祥寺通剩不到一百公尺。

我看著靜靜佇立在遠方的綠光如此認為，都用上那種道具了，也沒什麼大不了的嘛。我的想法果然沒錯，「團體」不足為懼，只要保持冷靜就能與之抗衡……

就在我滿心得意，都想哼起歌來的時候——

突然響起一陣啪嘰啪嘰的樹枝折斷聲。

後方傳來倒吸一口氣以及樹葉與樹枝的摩擦聲。

我即刻回頭。

走在我正後方的美智子小姐倒在杜鵑花裡。

「抱歉，我……」

難道是因為走夜路而腳滑了嗎？跌跤的地方如果是泥土地上的話那還好，很不幸地她卻跌進了杜鵑花叢裡。美智子小姐拚命試著掙扎起身，但每當她動一下，便會響起樹枝斷裂的刺耳聲響。

對方聽到這聲音了嗎？我拿起望遠鏡看向黑暗中。

身子蜷曲。

從公園深處，夜視鏡正望向這裡。

自正面一看之後我才知道，唐原的夜視鏡有兩處紅外線發射裝置。在望遠鏡的視野裡，可見兩團綠光橫向並排。朝著我筆直射來的綠光，令我感覺那就像發現獵物時的爬蟲類眼球。

現在我正與唐原四目相接。

當我直覺如此，有陣寒意直竄過我背脊。

「快逃啊！」

我大喊。

「跑起來！」

將司、惠美、京香就像遭彈開似的奔跑而出。他們撥開樹枝、蹬飛泥土。雖然會發出很大的聲響，但那已經都無所謂了。

唐原很明顯地正往這靠近，耀眼的綠光在黑暗中滑溜前進逼近我們。被發現了，鐵定沒錯。

我抓住人還倒在地上的美智子小姐的手，並拉她起身。美智子小姐對我粗魯舉動的不悅之情溢於言表，但她立刻重整姿勢，踉蹌地向前奔跑。我從背後推了她一把。

「快跑！快！」

她以急促的呼吸取代回應。晚了惠美她們數十秒，我們也接著開始全力逃離唐原的追擊。

逃得了嗎？

逃得了才對。

我們贏了很大一段距離。只要催促美智子小姐往前跑，在被抓到前我們就能抵達吉祥寺通吧。沒問題。

此刻與方才在巷弄內奔走時不同，公園的地面凹凸不平，布滿許多像是石塊或樹根之類的障礙物。如果一不注意就會摔個四腳朝天啊。我將意識集中於腳部的神經。

「啊！」

當我納悶跑在前頭的美智子小姐怎麼突然消失的同時，腳邊受到撞擊。好像踏到了什麼溫暖又柔軟的東西。這女的又跌倒了嗎？糟了，我就這麼失去平衡倒向地面。我情急之下伸出的手掌傳來尖銳的痛楚，嘴裡有著土味。

「對、對不起。」

我對著道歉的美智子小姐大喊。

「妳動作快一點啊！」

我語氣聽起來說不定很焦躁。因為我很急，妳為什麼會在這時候摔倒啊？而且還拖我一起下水。想死的話妳自己一個人去，我不是為了妳才來這裡救人。

我無視美智子小姐戒慎恐懼伸出的手，獨自一人起身後再度奔跑。痛楚還殘存在體內，但一想到逐漸逼近的綠眼，可不能在此停下。

不知不覺間我們與惠美一行人間已拉開好長一段距離。剛剛還聽得見他們在前頭跑的腳步聲，如今聽得見是自後方追來的腳步聲而已。

都是有了這拖油瓶，害我……

就在我忍不住想咂舌時——

「哇、哇、哇啊啊啊！」

可以聽見將司的吶喊。因為吉祥寺通與井之頭公園間有道滿陡的斜坡。

同時也傳來類似威嚇的聲音。

有股不祥的預感。

在知道會減慢奔跑速度的前提下，我拿起望遠鏡向前看。

大量的綠眼，正從前方看著我們。

綠眼總共有五顆。

自綠光聚集的團狀大小來看，看來是有兩名戴著夜視鏡的人在。一人是雙目，一人是三目。他們站在吉祥寺通前方堵住去路，凝視著我們。

就距離來看，將情況視為惠美他們已落入對方手中應該沒錯。

不會吧。

為什麼他們會在前面啊？從這入口進到井之頭公園裡會特地繞遠路才對。如果他們是遵從笛聲集合的話，沒有通過這裡的必要。不對勁。難道我犯了什麼大錯嗎……

腦子裡一片混亂，身體動彈不得。

美智子小姐幾乎是以衝撞的力道從旁擠上。我的身體無法支撐，就倒在旁邊地面上，美智子小姐坐在我身上。

「安靜點，別出聲。」

她輕聲說。

我跟著照做，我的耳裡傳來震動，有人往吉祥寺通的方向跑去。

混雜在惠美他們陷入恐慌中的叫聲中，傳來非常冷靜沉著的語氣。

「遠藤、仲津田，一個都別讓他們跑了。」

「唐原，我知道。」

「那邊確認的數量有多少？」

「一男兩女。」

「還不夠。」

「不夠呢。」

三頭綠眼怪物於黑夜中集合。雖然看不清楚，惠美他們正被三頭怪物包圍……

我無法出聲，只能忍受苦澀的唾液在口中擴散。

「唐原，要在這殺了他們嗎？」

「遠藤，等一下。先限制住他們的行動。」

「唐原，原來如此，是為了問出其他夥伴的所在地吧。」

「遠藤，說的沒錯。」

「由一人負責抓住一人。仲津田去抓那女的。」

「好的。」

「她想逃的話就殺了她。」

「我知道了。」

「女性成功捕捉。」

「男性成功捕捉。」

「女性成功捕捉。捉到三人了。」

「很好。」

喧鬧在黑暗中交織。惠美、京香、將司他們……落入敵方魔掌。我全身感受到地面的寒氣，只能悄聲躲藏。

該怎麼做？

從這邊扔小石子嗎？不，說不定會打到惠美他們。出聲轉移他們的注意力好了，但他們看起來並不會因為一點小事而慌張。如果他們冷靜地追過來，只不過是告訴他們自己的位置罷了。雖然明知行不通，但事情都演變至此，不如乾脆上去開打碰碰運氣……

「不能動。」

美智子小姐疊在我身上低聲說道。她柔軟的肉體，包覆著並給我溫暖。

「就算你現在過去，也沒勝算喲。」

「……」

美智子小姐語氣聽起來很冷靜。

我咬緊牙根。

「遠藤，現在幾點？」

我聽得見。

「唐原，是二十四點十五分。」

我聽得見唐原他們的談話聲。

「ＯＫ。步調進行得還不錯嘛。捉老鼠還真簡單。」

他們失聲竊笑的聲音。

「我還以為這次人數多，會比較困難些。想不到也沒有呢。」

「乾脆將時間限制縮短成一半比較好。」

「唐原，時間縮短成一半沒關係嗎？」

「結果習性還是不變嘛。」

「習性？」

「沒錯，習性。他們與我們是不同種的生物，所以習性不同。他們沒殺過人，也殺不了人，我們殺得下手。是捕食者與被捕食者的關係。」

「……」

「只要有五隻黃蜂聚集，只花三十分鐘便能殲滅守巢的三千隻蜜蜂。在黃蜂跟前，蜜蜂只是單方面地被撕裂打得潰不成軍，能力有著壓倒性不同。我們也一樣。無論他們有幾人、耍什麼小聰明，遇上我們依然只能全軍覆沒。」

「說什麼習性的我是聽不大懂，但結果論來說，被我們攻擊的人，大家行動模式都一樣呢。」

「中津田說得對。他們根本沒辦法跟我們一戰，因為他們殺不了人呢。所以只能一路逃竄。他們不但膽小羸弱，又有點樂觀過頭，都過度相信自己的能力，認為自己逃得了。會那麼想也很正常，畢竟他們是第一次碰上我們這群天敵呀。」

「我們是天敵嗎？」

「因為沒與天敵戰鬥過，會不知該如何是好。總之就直接朝向逃得了的地方。找到一處不賴的躲藏地點的話，那就乖乖忍耐躲在那就行了，偏偏還想拉開距離。沒錯，很簡單呀。只要讓他們看到一點空檔，示意他們該往哪逃跑，輕輕鬆鬆就自投羅網。」

我好像望見了「唐原」奸笑的表情。

我全身上下同時劇烈顫抖。

難道這一切都正如他們所預料嗎？

難道唐原是預見我打算在井之頭公園的公共廁所逃跑，才故意看著藤蔓架的？仔細想想，藤蔓架那方向只有長凳，再往前便是池子。唐原如果真的想找出我們，應該會先搜索公共廁所才對。

除了裝出一副讓我們有機可乘的樣子，還僅僅留下往井之頭通的逃亡路線……打算誘導並包抄我們是嗎……？

身體止不住顫抖。

一切都被「唐原」洞悉得一清二楚。

黃蜂與蜜蜂。沒錯，我們確實殺不了人。即便我們持有刀刃，「團體」赤手空拳……也還是下不了手吧。我不認為自己有那勇氣將刀刃刺進人類體內，或許閉上眼胡亂揮舞會砍到人，但一個不小心更有可能被奪刀反遭殺身之禍。

這並非物理層面的問題，而是精神層面。

殺人是種伴隨著強烈壓力的行動，我們被灌輸這種概念。反之，能冷靜瞄準並以刀刺向要害的「團體」成員是異常分子。

也就是，所謂的捕食者……

我們在啃食蘋果時並不會感受到壓力，因為我們能捕食蘋果。而對「團體」的人而言，我們就與蘋果相同。

他們瞄準我們喉頭揮刀時的心境，就與意識要以便於食用的方式來切蘋果是一樣的。

如果我們放棄逃匿，直接拚個你死我活，「唐原」反而會感到困擾吧。一旦我們也抱持著殺死對手的想法一戰，體能方面並沒有太大差距。雖然多少會負傷，說不定能擊退對手。

然而我們卻選擇逃避。不，該說我們只有逃避一途可選。而「唐原」也知道。

還說什麼總會有辦法的……要自以為是也該有點限度。激烈的後悔與絕望之情在心裡瘋狂翻攪。

能力相差幅度太過巨大。

他們是捕食者，我們僅是被他們玩弄於股掌間的存在。

「現在先忍一忍。剛剛有說過，他們並沒有立刻殺了大家的念頭。機會等一下就來了。」

美智子小姐這麼說道。

但不必她開口，我也動不了。

我感覺手腳麻痺，身體使不上力。

捕食者、捕食者、捕食者。

會被吃掉。

受到震懾就是這麼一回事嗎？恐懼到無法動彈。

他們說並不會立刻殺了惠美他們。那又如何？一切僅不過是在逼問我們所在時不下殺手罷了。惠美他們會說出我身在何處嗎？可能不會說，但那無關緊要。我們的思維都被「唐原」摸得一清二楚。無論往哪逃都會被逮個正著。

我無法拯救惠美。我無能為力。贏不了他們。

結果大家都慘遭殺害。我也是、惠美也是、大家都是。

會被殺死。

我們的四肢雜亂四散掉落在公園裡，這段影像竄過我的腦海。

「話說藤枝不是與唐原在一起嗎？聽笛聲的話，我記得是以兩邊各兩人的隊形包夾吧。」

「啊啊，說到藤枝的話，被我殺掉了。」

「……什麼？」

「看來我說明得不夠充足，遠藤。藤枝他啊，居然說要我別殺人了呢。」

「哈哈哈，真的假的？那老爹老糊塗了嗎？」

「仲津田，別那麼大聲。不知道會不會有其他人聽著。」

「是是是……抱歉。」

「這次捕捉到的獵物，好像是藤枝他服務的學校的學生。藤枝說他無論如何都無法對自己的學生下手。」

「哇，他意外地還有道德觀念呢。那打從一開始就別加入『團體』不就得了？」

「是呀，想到放出容易自殺的情報來引獵物上鉤的也是藤枝。原以為他是個心狠手辣的人，想不到某些方面還挺嚴肅的。」

「唉，那他之所以會死也是罪有應得。」

「是呀，我才不想因為那種人遭到逮捕咧。」

「聽到大家想法相同，我就安心了。」

「結果藤枝也只是個半吊子。我在肢解屍體的時候，他總是只顧著看眼球。如果真的喜歡殺人，也會想玩玩除了眼球以外的部位吧？真是個沒種的傢伙。」

「我覺得那只是仲津田你個人的見解吧？」

「話說唐原，已經確認藤枝確實死亡了嗎？」

「還沒，遠藤。因為獵物在那之後就立刻行動了。不過我刺穿了他的肺，應該是動不了。」

「原來如此。不過藤枝居然會讓人有機會刺向他肺部，也太大意了。總之，先來確認藤枝是否死亡吧。位置在？」

「那邊。也把他們一起帶去吧。」

「收到。」

人聲與腳步聲漸漸遠離。

當我完全聽不見對話聲時，才發現自己異常地流了好多汗。我以手拭汗，手上完全溼成一片。

「應該沒事了……吧？」

美智子小姐聽起來也稍微安心了點，壓著我的手力道也跟著放鬆。

她坐在地面上，我也坐在美智子前方。

「對不起喲，突然撞你那麼一下。我想說那時候只能那麼做……」

我向有些愧疚似的美智子小姐低頭。

「不會的……如果我衝出去的話就會被發現了，謝謝妳。」

剛剛雖因美智子小姐跌倒而生氣，就結果而言那卻令我們得救。如果筆直往前衝，到頭來全員都會落入「團體」手中吧。

「不用客氣。」

「……是。」

我在漆黑中凝視美智子小姐的臉龐。

這個人的眼瞳看起來真不可思議啊。該說那是一對以不同角度看這世界的眼眸嗎……看起來既有些淒涼又悲傷。一度決定要自殺的人便是這樣嗎？

「你，打算去救那些女孩子對吧？」

被美智子小姐這麼一說，我不禁打顫。

沒錯。我想救她們。是想救她們沒錯……

但說實話，我不想再與唐原那群人鬥下去了。好可怕。我知道自己的心已被徹底打擊殆盡。這話說來雖矛盾……我甚至認為要與那群人再度對峙的話，倒不如乾脆被殺了還比較痛快。

「……」

我無法回答而低著頭。

「我來幫你。」

美智子小姐的語氣與我形成對比，堅強有力。

美智子小姐應該也有聽見「團體」方才說了些什麼。她不像我內心大受打擊，反而還湧現鬥志。

「我有個想法，你聽我說。」

美智子表情冷靜地開口。

「……妳說的想法是？」

我以兩手環抱著自己，但顫抖仍未停下。在自己震動的肋骨間，肺部靠不住地呼出空氣。那宛如死心的嘆息一般，隨著話語自我口裡流露。

「妳打算要我怎麼做啊……」

我想起黑夜中游移的綠眼。戴有夜視鏡的「團體」成員，唐原、遠藤、仲津田。

他們各自長相如何、年紀多大這些我都不清楚。在我的想像中，他們的表情越發化為可怕的姿態。

面對這種對手，究竟要我怎麼做？

「看來你好像變得很害怕呢。」

美智子小姐毫不遲疑地說道。

心境被整個看透，我下意識一抖。

「……我當然很害怕呀。」

「……」

「怎麼可能會不害怕呢？」

「……」

「什麼呀，聽到那種話，會不怕才……」

「我不怕呀。反而覺得很好笑呢。」

我凝視著美智子小姐的面容。

這傢伙在胡說些什麼？

「你為什麼要害怕他們呢？」

「妳問我為什麼也……」

「欸，那你也會怕這個嗎？」

「咦？」

美智子小姐捲起袖子，突然伸出手臂。

待在這種暗處令我看不清楚，我努力定睛一看。細瘦的白色手腕，肌肉組成比例恰到好處，非常美麗。但當我一瞧見手腕上有著數道橫向傷痕時，立刻嚇得倒退。

「……」

割腕。

癒合後仍然清楚浮現的傷口，想必傷口一定相當深。一想像美智子小姐拿起刀刃割向自己的手腕，背脊稍微有點發涼。

「你有割過腕嗎？應該沒有吧。你看起來就是一臉無憂無慮的樣子呢。」

「我、我才沒有。」

「不是很常會看到把割傷的手腕泡在浴缸裡自殺的畫面嗎？出血止不住，體溫慢慢降低……閉上眼，安詳地等候即將到來的死亡……悲傷的自殺畫面。我呀，有嘗試過呢。」

「是嗎？」

她想說什麼？我推敲不出話中意涵，只是凝望著美智子小姐的眼睛。

「那個，是騙人的。」

「咦？」

「實際上非常痛苦。一旦割了手腕的動脈，就會變得又痛又難受，根本坐立難安，會想大吼大鬧一番。身體會因為無法承受痛楚，自己亂動呢。你試著想像一下，自己在房間裡像頭野獸撒野，鮮血自手腕不停噴出。血與汗灑在雜亂不堪的室內，就像殺人現場一樣……那與優雅的自殺畫面，根本是不同空間的產物呢。」

「……」

「絕大多數的人都不知道會那樣不是？沒錯，因為遲疑不小心劃下一刀就打住的人根本不會發生那種慘狀喲。」

「也是吧。」

「那個時候，我有感覺到……因痛苦咬牙切齒，一面呻吟、看著逐漸被血手印蓋滿的室內，看著板著臉衝進我房裡來的朋友表情……」

我嚥下一口口水。

「我就在想，啊啊……我這個人很徹底的，根本就不是人類呀……這樣。」

美智子小姐笑著說道的表情，令人看了的確有種非人的氣息。

「我從以前就是那樣呢。無法做出符合人類行為的舉動，無法遵守社會規範，團體行動時也總是不懂得察言觀色、老是拖累他人。就算自己沒那個意思，也會令對方受傷。開點小玩笑也會惹惱對方。這些事一直重複上演。我活得不順遂，又害怕又悲傷，雖然都下定決心要自殺了，想不到連臨死之際還依然故我。」

「……」

「結果朋友替我叫了救護車，我因急救保住一條小命。那時候，我才察覺朋友不可能打從心底理解我。在那之後，我就覺得好可怕。遇到那種情況還能冷靜、迅速地叫救護車，替我進行緊急處置的朋友好可怕。他們向救護隊員說明情況、報上住址、準備健保卡。這一切行為都好可怕。你懂嗎？我總覺得那樣的社會組織制度，以及那種完美地適合在這社會生存的人好可怕。我感覺他們就像其他生物呢。」

我有些部分能夠理解。

人類社會的構成實在太過精妙。打從我呱呱墜地前一直以來，夜制度、義務教育、生產、流通、消費……只要盡了以上義務就可獲得權利。在這社會，大家只要遵從一點規範，就得以過著幸福快樂的生活。違規是件易事，但基本上沒人會想去違規。因為違規的壞處大於益處，再加上違規者會遭受排除。整個社會就像擁有自我修復機能的巨大生物。

我對身為那種社會的一分子覺得漠然，也感到一絲不安。

然而，我還是初次見到像美智子小姐這樣，完全顯露出對社會恐懼的人。

「我現在也是一樣喲。我害怕朋友，也怕你們。你們接下來就會從學校畢業、找到工作順利活下去吧。我很怕能稀鬆平常辦到那些事的你們……」

我好像懂了美智子小姐眼神之所以冰冷的原因。

這個人對我們感到恐懼，築起了一道牆。

「妳到底想說些什麼呢……？」

我按捺不住脫口而出。

「唉呀，真抱歉。是話題難以理解嗎？」

「該說是難以理解嗎……」

「也就是說，『團體』那群人就跟我一樣囉。」

「咦？」

美智子小姐笑咪咪地繼續說下去。

「我呀，懂那些人的心情呢。那群人，終究也是無法適應社會的吧。與我相同。我很清楚那群人在想些什麼。對了，比如說……」

美智子小姐闔上眼，一個個地模仿在黑暗中所聽見的「團體」成員對話說道。

「我不懂為什麼所有人都能忍耐不殺人……」

唐原那高亢飽滿的聲調。

「其實大家都想殺人吧？就算不殺人……也想看些可怕的東西吧？人人都會有那種感覺吧……？他們只是因為沒有勇氣而不做罷了……咦……？沒有嗎……？為什麼……？」

遠藤那聽似一本正經的腔調。

「好可怕……自己與他人不同。我與別人都露出同一種表情過活，但自己卻不一樣。」

藤枝微弱的聲音。

「不是跟我們一樣嗎……？你們……是怎樣？是不同種的生物嗎？那為什麼……我會出生在不同物種裡啊……？」

仲津田那有些粗暴的語氣。

「孤單一人好可怕喲……」

最後是美智子小姐的聲音。

我什麼也說不出來，只是看著美智子小姐。

「『團體』的人也跟我一樣，是膽小懦弱，當不了人的半吊子。你根本沒那個必要去懼怕『團體』。因為真正在害怕的其實是『團體』。」

美智子小姐宛如與他們有著深切羈絆似的，試著吐露他們的心境。這有種奇妙的說服力。

「剛剛唐原不是氣焰挺囂張的嗎？說什麼自己才是強大的種族，她是拚了老命在說給自己聽的。無論怎麼為自己找理由，他們依然只會在『夜』顯露出本性。懼怕警察耳目，躲藏於黑暗中……悄悄過活。他們只能攀附在『白天』人類所建造出來的流通網路或社會制度下生存。依賴著身為殺害對象的人類……其實是種被『白天』放逐，只能在『夜』存活……弱小悲哀的存在。」

悲哀的存在……

「因為與我完全一樣才笑得出來。明明懼怕人類、害怕社會，沒了卻又活不下去。真是矛盾的生物。是種為了不暴露真身，拚命地扮演人類的可悲物種。如此軟弱的存在，卻多虧人類所創造出的『夜』制度，而獲賜得以棲身的居所……真是諷刺呢，呵呵。」

美智子小姐看似自我嘲諷般莞爾一笑。

「如何？沒必要怕對吧？」

「……我還沒想過可以那般思考呢。」

「因為你們是正常活過來的人類呀。這種心境，說不定只有像我這種邊緣人才懂。」

「是那樣的嗎？」

「沒錯。你自己可能不懂，但是做為生物的力量，你們在我們之上。說到底……你們既強大又殘酷，把我們當成食糧一路活下去。最強的是你們……」

「喔……」

「對不起，我自顧自地說了一堆莫名其妙的話。」

「不會，那我們該怎麼辦呢？」

「咦？」

「妳說的那些話，對要去救惠美他們有什麼幫助嗎？」

「很簡單呀。要擊退他們，只要做出他們最討厭的事就行了……我很清楚他們會討厭些什麼。」

美智子小姐對眉頭深鎖的我再次微笑。

「……澄夫？」

「……」

「是我，阿明啦。澄夫？」

「……啊……」

「澄夫，原來你在。」

確認澄夫望向這的身影後，美智子小姐也點頭。

「……你還活著呢。」

澄夫他人蹲在混合大樓後方。姿勢與分別時幾乎毫無兩樣。看來他人一直躲在這。

「啊啊，是阿明啊……」

那聲音聽起來虛弱，但也感受得到些許心安。

「你太慢了，我還以為你掛點了咧。」

澄夫的手傷依然看起來疼痛不堪。他應該一直按壓住自己的傷口吧，雙手滿是鮮血。

不過緊急止血似乎有了成效，出血量已大幅減少。

「很幸運地，我跟美智子小姐都沒事啦。」

美智子小姐自我身後探出身並低下頭。

「啊啊，妳好……」

澄夫尷尬地點頭行禮。

「咦？阿明，只有你們兩個人而已……？該不會其他三人——」

「不，還沒死。」

「你說他們還沒死？」

「是被抓了。」

「被抓了？」

澄夫發出怪聲，我點頭。

「那不就跟死了沒兩樣嗎？」

「……不一樣。」

「那你說說哪裡不一樣啊。」

「他們想要將我們全部殺了滅口。所以為了知道我們在哪，那些人不會立刻殺了惠美他們才對。」

「也能當成引我們上鉤的餌呢。」

美智子小姐補充說道。

「什麼？那樣只不過是拖長他們被殺的時間而已嘛。如果不放棄那三個人，就換我們遭殃啦。」

「澄夫，不是那樣的。」

「所以是怎樣啦？煩死了，有話就說清楚啦。」

「我跟美智子小姐商量過了。如果對手想將惠美他們當成策略道具，那我們這邊也該準備道具。」

「道具？才沒有那種東西吧？我們這邊手上根本沒底牌可以跟他們交涉啊。只能哭著求饒而已……」

「……有的。」

「什麼？有什麼你說說看啊。」

我轉頭看向美智子小姐，美智子小姐以冷靜的表情點頭後對澄夫說。

「就是大家的屍體喲。」

我與澄夫走在美智子小姐後方。

從井之頭公園離開，前往五日市街道。我們來到了達彥被殺的十字路口附近，但四周並未看到屍體。

「我記得是在這附近沒錯呀。暗暗的根本看不清楚。」

「等一下，在那之前先用那個裝置確認一下周遭。」

美智子以手勢提醒我。

我點頭後，以望遠鏡確認附近。

身子在一瞬間一抖而蜷縮。

因為面向街道的腳踏車停車場中央有著明顯的綠光。

但是綠光不移動，而且位置相當低，幾乎是貼在地面。如果那綠光代表的是穿戴夜視鏡的人類，就表示他正趴在相當狹窄的地方。

我稍微提高倍率仔細觀察。

「如何？看得見什麼嗎？」

「地面上好像放著……什麼會發光的東西。沒有人影。」

「發光的東西？」

「是細細又小小的東西。」

「也讓我看看。」

澄夫都這麼說了，我將望遠鏡遞到澄夫眼前。

「……那個，不是螢光棒嗎？」

「螢光棒？」

澄夫手部做出像折斷什麼東西的動作邊說道。

「就是在演唱會用的東西啊，你不知道嗎？螢光棒都會做成細長的棒狀，要把它折斷來用。折斷後裡面的藥劑就會混合然後發光。」

「沒錯。螢光棒還有很多顏色，其中也有紅外線光類的。那種光只能靠夜視裝置之類的道具才看得到。所以才稱ＩＲ螢光棒……」

「那種東西是用在哪方面？」

「比如說裝備夜視鏡的軍隊，放在占領地上以示安全的象徵，也可以拿來當信號。玩生存遊戲的時候也會用。」

「那螢光棒會被放在那裡就表示……」

「『團體』的人應該是拿來當成什麼路標吧。」

美智子一轉眼就朝停車場走去。

「美智子小姐……」

我與澄夫提心吊膽地跟在她身後。

說是當成什麼的路標，什麼意思？應該沒那麼多東西需要一個路標來引路吧？

毫不恐懼往前進的美智子小姐，她看了停車場的水泥牆一角後便點頭。那正是放有螢光棒的地方。

「應該是這個吧？」

在整齊排放的清掃用具旁，有著以塑膠布包裹的大型物體在。美智子小姐一點也不猶豫地掀開。喀沙喀沙的塑料摩擦聲在夜裡的街道響起。我們大力嚥下唾液看著。

「有了，是屍體。」

被掀開一半的塑膠布中露出裸足。

在黑暗中，我感覺那雙腳看起來極度蒼白。

「真的假的，我們要搬這個喔？」

澄夫表情嫌惡地說道，美智子小姐對此的回答則簡潔瀟灑。

「是呀，那還用說？」

「那就是『團體』最討厭的事……？」

「當然呀。『團體』是披上人皮的惡魔。如果人類中有這般物種之事見光，最後他們就會被驅逐囉。所以呀，他們應該想在早晨來臨前將屍體好好保存。因此他們甚至用上螢光棒，以防不知道屍體位置在哪呀。」

「是那樣的嗎？」

「是呀。放螢光棒的意思，就是要等一下再來搬走。他們想先把屍體藏在這裡，等全殺了我們後再一併回收全部的屍體吧。然後一起處理到不留痕跡。從他們會準備螢光棒這點來看，就表示他們已經好幾次都這麼做了吧。好像挺習慣的。」

美智子小姐流暢地推理。但一想到眼前這塑膠布裡頭有著達彥的屍體，根本無法冷靜聽她說了些什麼。

塑膠布雖然細長，但對要包裹住身材高眺的達彥來說又嫌太小才是。也就是，達彥是被解體後才……

「嗚嗚……」

澄夫看似感到噁心而摀住嘴部，想必他心情與我相同。

「只要我們將屍體藏起來讓他們無法處理……他們所幹的好事會曝光的機率就會大幅提升。街上的住民或許會恐懼有獵奇犯罪者的存在，但會更覺得害怕的是犯人們。畢竟他們在白晝時必須一臉毫不在意地融入人類社會裡才行。他們會變得很害怕，害怕周遭的人會不會懷疑他們……」

美智子小姐微微一笑。

「我很了解的，所以我跟你們說，他們並不是害怕被警察逮捕、判罪、判死刑喲。因為那種東西不會帶來實際感受，所以他們不怕。他們真的會怕的是另外一回事，是怕自己不是人類這事東窗事發。那差不多已經接近是本能上的恐懼了。就像是擬態被名為社會的巨大天敵看穿的毛蟲……我懂的。一旦被發現，只能束手無策地遭社會吞食捕殺。所以他們才會拚了命擬態，拚了命掩飾罪行，拚了命像我一樣躲著……」

我望著美智子小姐一個人如連珠炮似的講不停。

「不過，畢竟這就足以讓他們那麼恐懼，所以才能拿來當成交涉的材料就是……」

說實話，我無法理解那種想法。要說「團體」異常的話，美智子小姐也屬異常吧。但現在唯一能依靠的就只有她而已。能體會「社團」心境思考的人只有她而已。我覺得，只要借助美智子小姐的力量，就能救出惠美。

我於是開口：

「美智子小姐，我懂了。那要把達彥……把屍體藏在哪裡？」

「這個嘛，只要是不容易被發現的地方，哪裡都好。」

「那裕也的屍體該怎麼辦？」

「你是說藤崎臺那具屍體嗎？那邊一定也放了螢光棒。不過，我們沒時間去回收了。總之就先搬走這個吧。」

「是。」

我點點頭。

「喂喂，阿明你等一下啦。你真的打算搬啊？」

澄夫明顯動搖了。

「這也沒辦法啊。」

「這也沒辦法吧？」

「怎麼會這樣。我才不想碰什麼屍體。才不想……而且，我的手……」

為了拯救惠美，這件事不做不行。

「澄夫你就算了，手都受傷了。」

「是呀，閒著的話就幫我們注意一下有沒有人來。」

「咦……？」

美智子小姐抱起塑膠布右端，我抱左端。在我一使力抓住塑膠布那一瞬間，可以感覺到包裹在裡頭的細長柔軟物體。冰冷的感觸。我不禁放鬆力量後，塑膠布隨之掉落。

痛下覺悟吧。

我又一次使力抱起塑膠布。

「好。」

「好，那要搬囉。」

「是。」

我們遵照美智子小姐的信號搬起屍體。看似被斬斷頭部的球形物體，滾在塑膠布上形成皺褶。

澄夫從剛才便全身僵硬，小小聲地在說些什麼。

「你明明知道我手受了傷對吧……？那你應該也知道我沒辦法幫忙才對吧……但你

卻特地回來我那裡與我會合？該不會——」

一面注意塑膠布的角度不會撞到停車場裡的腳踏車，一邊前往五日市街道。達彥的屍體好重，我呼吸變得沉重。

「是在期待我已經死了……？是打算拿我的屍體來當交涉籌碼……？有時間搬動的屍體只有一具。那時離井之頭公園最近的，就是我。有了我的屍體辦事會最輕鬆，可是我還活著……所以沒辦法，只好去搬下一具最近的屍體，也就是達彥。是這樣嗎……？」

「澄夫，別在那慢吞吞的了。去把那螢光棒撿過來，等一下可能用得到。」

「喔、好……」

澄夫拾起螢光棒。

美智子小姐看著澄夫冷淡地說。

「快走吧。商店街那邊的話應該比較方便藏屍體。」

「我知道了。」

「……」

澄夫低著頭，跟著我們踏出步伐。

屍體很重。

一開始雖搬得提心吊膽，但那樣只會讓自己累得受不了。我隔著塑膠布，穩穩抱住達彥腰部那一帶好好搬運。那是種帶來前所未有之奇妙觸感的物體，懼怕的心在不知不覺間變得稀薄。

同年級的朋友達彥。一起讀書學習、談天、一同行走的朋友……如今落得變成數塊肉塊的下場，被我搬運著。那是種無法言喻的莫名感受。

「把屍體藏在那邊如何？」

美智子小姐以下巴示意的地方是百貨公司。

「妳是說百貨公司嗎？晚上不是會上鎖？」

「百貨公司裡頭應該進不去吧，我指的是那個像倉庫的地方。」

她一說後，我仔細一瞧。

那是貨物進出口嗎？有個堆著不少紙箱的雜亂地方。那裡的話，的確是可以拿來藏屍體。

我遵從美智子小姐的指示，將達彥的屍體放在紙箱後方。包裹著屍塊的塑膠布完美地與該場所融成一片。如果並非特別注意，想必難以發覺。

「接下來——」

美智子小姐突然鬆開綁著塑膠布的繩子。

「妳要做什麼？」

「會怕的話，不用看也沒關係喲。」

我無暇阻止。美智子小姐俐落掀開鬆掉的塑膠布，塑膠布裡包裹的東西攤在她眼前。

「嗯——……該選哪一個好呢……」

從我這角度看過去，塑膠布會形成遮蔽物而瞧不見裡頭模樣。但我一想像那裡有著什麼就全身戰慄。澄夫應該不想看吧，他背對這裡發抖著。

「這應該是最小的吧？」

美智子小姐伸手進去後，掏出一隻手臂。

「唔……」

那隻手臂遭人從手肘部分截斷。

「澄夫人呢？那個給我一下好嗎？」

美智子小姐接過澄夫低頭遞來的螢光棒，讓達彥握在手中，並以繩索補強不讓螢光棒脫落，還微微笑了一下。

「我們要把這個拿去給『團體』的人看喲。」

我可以理解她想說些什麼。她打算想拿那隻手當成我們藏匿屍體的證據，以便與對方協商吧。

為了活下去什麼都得用上。屍體也得用上，全部都得用上。

即便深知此舉合理，但內心勢必會覺得抗拒。我可是拚了老命在壓抑心頭的那股不快。

「我來負責和他們交涉。你們其中一人能不能跟我來？這個嘛……能拜託澄夫你嗎？」

「咦，是我嗎？」

澄夫看著我。

「比起受傷的我，阿明他應該比較適合……」

美智子小姐打斷澄夫的話。

「不行，阿明他是預備人員。讓全員一同現身在他們面前太危險了。我要其中一人先躲起來。如果交涉決裂，或是發生突發狀況要有人可以臨機應變……預備人員最適合由未受傷且有體力的男性擔任。這下你懂了吧？」

「……」

澄夫一臉不悅。對他來說，應該是自己不知何時被捲進這場作戰裡而感到意興闌珊吧。不過一旦見到美智子小姐那認真……不，充滿瘋狂氣息的眼瞳，就會不自覺閉上嘴。

「好，那我們快動身吧。」

美智子小姐抱著手臂起身。

她毫不猶豫地將達彥的手臂抱在側腹旁。美智子小姐也身上也飄散著一股與「團體」成員等同的不尋常氣息。

「澄夫，走囉。他們人應該還在井之頭公園。」

澄夫嘆了口氣後，也跟在美智子小姐身後。

「阿明……你就跟我們隔一段距離觀察狀況。」

「好的。」

「這應該不需要我提醒——」

美智子小姐特地轉向我，這麼說道：

「你身為預備人員的動作，是最重要的喲。因為不知道什麼時候會發生什麼事……你要仔細留意。」

不知什麼時候會發生什麼事。

這我早就知道了。總之就是做到自己能力範圍所及之事。

為了拯救惠美。

「是。」

我點點頭。

光想著拯救惠美這事，就快令我腦袋無法負荷。我喜歡惠美。而且，惠美好像也不討厭我。這不是我單方面自作多情……沒錯吧？一定有機會。

我要拯救惠美，一同活下去。然後，就向她告白吧。想不到還挺順利的不是？說不定我將漫畫小說的世界與現實世界混淆成一塊了。覺得自己可以像帥氣的主角一樣，如英雄般奔走拯救女主角。

現實與漫畫不同。

喜歡的人會在一瞬間失去性命，自己也很容易就慘遭毒手。而且，更加來得悲劇的事，會理所當然、自然而然地發生。

此刻我的腦內完全缺少那種想法。

黑暗中傳來歌聲。

那是美智子小姐刻意唱的，是為了通知對方自己的所在地。我舉起望遠鏡看向傳來歌聲的方向，可瞧見螢光棒的明亮光源。美智子小姐高舉著達彥的手臂，得意洋洋地往前進。澄夫在她旁邊。

穿過弁天通，這次我們從東側進入井之頭公園。

美智子小姐與澄夫就這麼朝著西邊前進，前方有著藤枝喪命所在的公共廁所空間。我們推測恐怕會有「團體」成員駐守在那。不僅需要處理藤枝的屍體，也難以想像「團體」帶著京香、將司、惠美他們會離開這裡太遠。

只要這麼前進下去，美智子小姐一定會被「團體」發現。

交涉便從那時開始。

我與美智子小姐他們保持兩百公尺的距離跟在後面。

美智子小姐雖說我是「預備人員」，這角色的重要程度我卻相當清楚。假設交涉順利進行，就以屍體藏匿處來交換同伴三人自由。但「團體」如果食言反撲的話，一切就玩完了。

我單獨行動就是為了防止這種事態發生。

假如「團體」說話不算話，我可以改變屍體藏匿處來進行報復。美智子小姐他們以我為後盾，將進行一場危險的談判。

所以，我一定得活下來。不能被「團體」成員發現我的蹤影。

我頻繁地使用望遠鏡窺視觀察周遭。現今看不見除了美智子小姐他們以外的光源。我總覺得美智子小姐他們的動作變得有些遲緩。難道他們與「團體」成員碰頭了嗎？希望事情能順利進行。

喀沙。

有雜草摩擦聲。不妙了。我反射性地躲到樹幹後，以望遠鏡確認周圍。看不見綠光，我鬆了一口氣。

是我想太多了嗎？只要「團體」成員持續使用夜視鏡，我就能一直得知他們的視野。只需利用這點，我就不會被發現……

在我安心放下望遠鏡時，有了動靜。

我定眼凝視。

雖有些難分辨，但一片黑暗中有個人影。

有人在。

距離僅僅只有十公尺左右。那人沿著往池子去的小徑朝這來。

難道有不戴夜視鏡找人的傢伙嗎？不，或許是夜視鏡電池沒電了……

心臟撲通撲通加速跳動。

冷靜下來。

如果對方未戴夜視鏡，那他也無法立刻發現我的身影才對。如果大意發出聲響就會被察覺。要乖乖地撐過去。

一想到只要稍微移動腳步就會踩中樹枝發出聲響，我就無法動彈。自己像尊石像般佇立於原地。不停冒出的汗沿著臉頰滑落地面。

對方好像尚未發現我的存在。他緩慢走來。身材並沒有那麼高，比我稍微矮上一點。這傢伙是誰？是唐原？遠藤？還是仲津田……

影子在距我約五公尺的地方停下，好像正猛盯著這裡看。糟了，我被發現了嗎？該乾脆先主動進攻嗎？

影子毫無動靜。

在緊張的氣氛下，約莫過了三十秒吧。

人影突然出聲。

「是……阿明……？」

是惠美的聲音。

「是……惠美嗎……？」

「阿明。」

無法置信。

為什麼惠美會在那裡？

「惠美。」

腦子禁不住想起，她不是剛剛被「團體」抓走了嗎？

「啊……」

我盯著對方的臉看。沒錯，正是惠美。

不敢相信。居然能巧遇惠美。我好開心又放心……眼眶滲出眼淚。

「太好了……見到阿明了。」

惠美的聲音一樣在顫抖。

惠美臉上髒兮兮的，白色肌膚上黏著類似黑色液體的物體，我立刻就知道那是血液。

「妳有受傷嗎？」

「咦？啊……這灘血……」

惠美摸著自己臉頰看向下方。

「是將司的血。」

「咦？將司的……？」

「嗯……」

惠美一回答後，身子微微發抖。

「惠美，是怎麼一回事？」

我摸上惠美的手。

在那一瞬間我吃驚一抖。手上也是沾滿了鮮血，制服染得四處都是血跡。血量相當多，如果這全都是將司的血，那他的出血量可是相當嚴重啊。

我按住惠美顫抖的雙肩，再度觀察周遭。離「團體」所在距離相當近，得小心提防。我將她稍微拉至道路旁後，抱著惠美那纖弱的身軀坐下，躲在樹木暗處。

惠美也不抵抗，隨著我動作。

「……惠美，告訴我，發生了什麼事好嗎？」

我低聲詢問。惠美以微弱的聲調努力回答。

「將司被殺了。」

「將司他？」

不會吧？

身體好像突然變得虛弱無力。

連將司也慘遭毒手。

這令我覺得與將司一同搬飲料，好像是很久以前的往事。我不知道該說些什麼才好，只能緊咬著下嘴唇。

惠美一點一點地邊想著什麼娓娓道來。她說不定腦袋還是一片混亂吧，我提醒她別急、慢慢說，一面豎耳傾聽。

「嗯，我們被『團體』的人抓住……被銬上像手銬之類的東西，變成動彈不得的狀態。我們暫時維持那狀態一陣子，還被問了很多話……他們不厭其煩地一直問我們阿明你在哪裡……還威脅不說就要殺了我們。」

「然後呢？」

惠美低下頭。

「我們既不知道你人在哪裡，而且也不想說。我想，將司還有京香心裡想的一定都一樣。不過，被他們威脅再不講就照順序一個一個殺害……我們才打算找出空檔逃跑。將司用身體衝撞對方，我們也拚命掙脫抵抗，然後將司他就被砍殺了……」

我該早點來這裡的。這令我恨得咬牙切齒。

因為耗費了太多時間，逼得將司他們得做危險的決定……

「然、然後啊，我就想說要趕快逃跑，就跑跑跑……跑到這裡……還跟京香走散了。」

「是嗎……」

惠美的話說得過於片斷，令人不太明瞭，但她被煽動的不安情緒清晰可見。要令她冷靜下來才行，事態正產生變化。

將司雖然被殺了，但惠美與京香自「團體」的魔掌中成功脫逃。也就是，現在「團體」手上並沒有人質。

這麼一來，情況會變怎樣？

我方可能就不用要求釋放人質，可以轉而開出其他條件吧？比如說，讓我們安全逃離之類的……依據交涉的方式不同，我們可以立於更具有優勢的立場。雖對慘遭殺害的將司深感抱歉，但我們最好利用這個改變的情況。

這情況該傳達給美智子小姐知道嗎？

我很迷惘。

身為「預備人員」的我，該走到那麼前面去嗎？這樣一來要傳達資訊給美智子小姐也會輕鬆點吧。不過一移動的話，就有會讓「團體」得知我位置所在的風險。考慮到這點，說不定潛伏在原地才比較好。該怎麼辦？

我不知道。

再怎麼思考，答案也不會呼之欲出。

在學校所學的，以及人生至今所體驗的，根本無法參考。我與惠美的生死說不定將取決於這次的判斷。這明明是個重要的抉擇，我卻無法下決定。

我竟是如此不可靠。甚至覺得自己極度虛弱無力。

「阿明……我有事想跟你商量。」

惠美戒慎恐懼地輕聲說道。

「我想回去剛剛那地方。」

「唔、嗯……？」

我一面沉思，報以曖昧不明的回應。

「我們是在井之頭通旁的飲水區被抓的。我想再去那邊一趟。」

「咦？為什麼……」

「我很擔心將司。我剛剛因為真的太慌張了，只能顧著逃跑……」

惠美耐著心中的罪惡感，斷斷續續地道來。

「我和被刺殺倒地的將司，在一瞬間對上眼，四目相交……將司的表情好像希望我救他，但我好怕……所以就這麼逃到這裡來。其實我本來應該在那時候救他的，結果從後方聽到呻吟……我，就摀住耳朵跑走了……」

一顆淚滴自她眼裡滑落。

「對不起。」

那並不是在向我道歉。

我雖如此覺得，但自己什麼也說不出口。在那危急時分，拚死命逃出來的惠美……碰上我而覺得安心，同時也變得冷靜才得以回想起將司的事吧。

「我呀，總覺得將司他……還留在那邊等人去救他。如果他人受傷還留在原地，只要緊急幫他處理傷勢，說不定還能留住一命……如果有阿明在，我應該也能鼓起勇氣去那邊。」

我陷入沉思。

將司還活著的可能性很低。「團體」出手，辦事效率不會那麼差。說不定對方早給了將司致命一擊。如此一來，回到原來的地方只是徒增風險的行為。

但我也無法輕易駁回這項提議。

現在完全沒有將司已經死亡的證據。不，我——以及惠美也是……都相信將司還活著。想替那可能性賭上一把。

在這方面的意義上，惠美的提議讓我覺得迷惘。

惠美對將司的情義，以及對同伴見死不救的後悔清楚傳達到我心上。惠美在這場突如其來被捲入的意外中，心中的利己心以及價值觀兩者混合在一塊，但她仍然在奮鬥。最低限度，我也想幫上惠美的忙，這種想法在我心裡油然而生。

我突然想到一件事。

等等。如果是井之頭通旁的飲水區……那是美智子小姐他們繼續前進的話，便會抵達的地方。也就是說，如果前往那邊，也能與美智子小姐他們會合。

惠美在這時間點向我提議，說不定是表達我該與美智子小姐他們碰頭的暗示。該與他們碰頭，還是繼續潛伏……我自己無法決定的話，那麼相信惠美的話也不打緊不是？沒錯，如果自己思考不出個答案的話，那就聽惠美的話……

惠美。

「……我自己知道那很危險。我人可能說不定不冷靜……我會聽從阿明的意見。阿明，由你決定吧。」

惠美……

惠美的雙眼相當漂亮。她的臉未沾有血跡，更讓人看起來有某種神聖的氣息。

我甚至以為她是帶來勝利給自己的女神。

惠美……

我又思考了數十秒。與其說是思考，說是說服自己比較接近。如何呢？如果惠美他們逃了，「團體」的人應該會慌著出來搜索他們。那麼，本來的地方有可能會空無一人。那就表示沒那麼危險吧？但是，為了我能成功發揮身為「預備人員」的功效還是降低風險才好……

我要思緒縱橫交錯的心冷靜下來，相信自己、緩緩鞏固自己的意志，隨後……

我下定決心開口。

「……留在這裡吧。」

「我知道了。」

惠美低著頭同意。

我與惠美藏身於池邊的草叢堆中。這裡的草叢密集叢生，可完整覆蓋至頭部。可說是最適合拿來躲藏的地方。從這裡也瞧得見飲水區，也能確認隨著美智子小姐他們移動中的螢光棒蹤影。

在這如果萬一被敵人發現，還能立刻逃往反方向，被包圍住的話還有跳進池中這選項在。池子裡的水雖然冰冷，但不至於冷到令人無法游動。潛到水裡而逃，對手應該難以追蹤才是。我認為這真是個好地點。

「躲在這種地方不要緊嗎……」

惠美閉著眼一臉祈禱的表情。

「將司，對不起喲……」

她果然還在擔心將司，惠美低著頭重複說著。我不知道該向惠美說些什麼，只能摸著她的背安撫她。

說實話，我並沒有明確的理由駁回惠美的意見。我之所以決定潛藏於此，只是有著不好的預感罷了。

我方如此行動，「團體」就會跟著下這步棋……惠美與京香逃跑後，「團體」應該在找她們……我自己這麼預測後便覺得危險。

剛剛我們也因此嘗到苦頭。禁止自行想像對方的動作。他們身處在超越我們理解範圍的領域裡，想法會被識破……我有這種預感。某種程度上知曉對方心境的美智子小姐就算了，我還是別輕舉妄動做出傻事才好……

所以要躲起來。

要確認將司人身安否，等情況更安全點再說。

這不是在逃避……應該吧。

「那個是望遠鏡嗎？」

我不發一語，點頭回應惠美的問題。

夜視望遠鏡的電池電量好像越來越少了。成像相當昏暗，宛如滲水般模糊不清。

即便如此依然能看到幾處綠光源，一個是美智子小姐所拿著的斷臂。在他們行進的方向前端有複數光源。沒有錯，就是「團體」，距離不到十公尺，這裡都能聽見美智子小姐怪異尖銳的歌聲。歌聲有確實傳到「團體」成員那吧。

「阿明，你有看到什麼嗎？」

惠美不安地握著我的手。我豎直手指貼於脣前示意要她安靜，再度窺向望遠鏡。

「團體」的成員開始行動了。綠光分散，包圍美智子小姐與澄夫。

「各位晚安！」

美智子音量有點大聲。

是顧慮到能不能讓我聽見吧。

終於與「團體」接觸了。談判從現在開始，拜託要順利進行啊。我凝視黑暗中祈禱著。

「這隻手是禮物！」

美智子小姐拋出斷臂。手臂在空中迴轉一圈後，落在美智子小姐正面的綠光前。

「手臂……是什麼意思？怎麼一回事？」

惠美依然輕聲地在說些什麼。不知道該說她是否天然呆，想不到她沒有緊張感的程度令人意外。我無法回答，無暇說明。

「這隻手原先所屬的身體，就由我們沒收了！還把它藏在就算怎麼找，到明天早上前也找不到的地方喲！」

美智子小姐一點也不膽怯，朝著「團體」成員大喊。「團體」的人則看起來有些動搖，綠光左右搖晃徘徊。

「還有，那螢光棒可真棒呢！你們應該是拿那螢光棒來當藏屍地的路標吧？多虧有了螢光棒，我們也馬上找到屍體囉！」

我這邊聽得見的全是美智子小姐的聲音，完全聽不到「團體」方的聲音。雖然不太懂這是什麼情況，但感覺頗順利的不是嗎？完全依我方的步調在進行。

「所有屍體都被我們藏起來了！就算你們接下來拚命找也不可能全部找到！如何呀？等到天一亮，你們的殺人證據就全攤在陽光下囉！」

這是虛張聲勢。實際上藏起來的只有達彥的屍體。但還是說得誇大點才比較有效，因為對方不可能有辦法馬上確認。

綠光稍微走向前。

「但是我們也不想死。如何，要不要來做個交易？條件很簡單，就是保障我們全體的性命安全！放了我們被你們抓住的同伴，等我們逃到安全的地方前，你們不准出手。」

好厲害。

美智子小姐並不知道惠美與京香已逃走、將司已死亡的消息。但她向對方提出包含釋放同伴在內的最大化要求。如果對方接受這要求，一切就都解決了。

「我們當然也會保證不將你們犯下的罪洩漏出去喲！你們也懂吧？這就得靠彼此互相信賴了。況且殺了這麼多人，也並非出自你們本意吧？你們平常的步調應該都是偷偷殺一、兩人享樂才是。像這次這樣殺了太多人，不但藏屍體花時間，也會提高被發現的危險性。我懂你們為了封口而想殺我們滅口，既然這樣，在這裡要不要就互相信任彼此度過這關呀！」

美智子小姐原來是這麼會說話的人啊。感覺不賴，真是可靠。

我也開始漸漸安心起來，成效比想像中來得好。

「我們就當成今天沒發生這回事……你們也當成未曾看見過我們……只是雙方在『夜』裡擦身而過罷了。就當作這麼一回事吧。如果我們背叛你們，來報仇也無所謂。你們不是都知道我們的長相嗎？報仇應該很簡單吧。」

照這步調來看，對方也應該正逐漸被說服吧？

「如果你們無論如何就是要宰了我們，我們當然也會抵抗。還有同伴躲著，這樣會相當棘手吧。當然囉，殺了我們，屍體也就找不到了。不，你們也沒時間找吧。考慮到這點，相信並放我們一條生路的風險不是比較少嗎？你們該選擇進行這場交易才是喲。此外，這也能套用在我們身上。與其一翻兩瞪眼打起來，能說好不將你們的罪行洩漏出去而活下來，我們也很高興。」

惠美好像也終於理解美智子小姐的作戰內容，她嚥著口水觀察局面。

「也就是說，雙方別繼續對峙下去才是明確的選擇。請冷靜仔細想想，離黎明前所剩時間也不多了！再這麼無謂地爭下去，就沒時間去處理現有的屍體了。這麼一來，這樁交易也不會成立。要和解的話就只有現在！就只能趁現在！」

真富有說服力。

說明對方的益處後，更點出對方沒有時間考慮。正如教科書上示範的談判過程。

暫時一陣沉默。我們心頭交織著期待與不安，等候「團體」回應。

約過了三十秒。

綠光飄往美智子小姐。

對方總算要回應了嗎？

「咦啊。」

有聲怪聲，接著傳出樹葉搖晃的沙沙聲。

「啊、喔、啊。」

有另一團綠光自美智子小姐後方接近。

「嗚──」

枝頭喀沙喀沙響。

「等一下，等一下！」

是澄夫的聲音。

「你們剛剛有聽到吧？為什麼要這樣？不是都說了我們把屍體藏起來了嗎！為什麼？」

他相當焦急，綠光逼近。

「等一下啦，你們會找不到屍體喔，絕對找不到！我們把當路標的螢光棒都拿走了，而且在這麼大的吉祥寺裡，啊。」

後半段聽來幾乎都是哀號。

綠光往其中一處集中。

簡直就像往獵物聚集而去的螞蟻……

「不是吧？不會吧？為什麼？為什麼我會……？救救我，來人啊，救救、拜託。不是吧、拜、別這──」

澄夫的聲音混成一團。響著宛如人在溺水時所呼喊的無意義怪聲，枝頭跟著搖擺。

到最後，根本聽不見任何人的聲音。

有一段時間我並不知道發生了什麼事。

不，應該說我知道發生什麼事了，但內心卻無法接納這事實。

綠光在地面上又放置兩處新的綠色光源。那是紅外線螢光棒吧。那螢光棒是為了當作尋找屍體的路標才放在那裡的。在作業完成後，綠光源又動了起來。

惠美宛若遭冰凍般，在我身旁凝視著黑暗。

結果……那兩人被殺了。

為什麼會這樣？

無法理解。這對「團體」來說，也是場有益處的交易才對，想不到居然連談判的餘地也沒有。二話不說旋即被砍殺……

弄得清的唯獨一項。他們的思維果然超越了我們能理解的範圍。

選擇潛伏是正確的判斷。但，接下來該如何是好？

澄夫與美智子小姐的性命都在一瞬間殞落。京香不知身在何方。如今只剩我與惠美兩人，該怎麼辦？

綠光逐漸逼近，對方在找我們。

此時傳來冷靜的人聲。

「遠藤，仲津田。你們都懂吧？藤枝的身高是一百六十三公分，你們都比藤枝還來得高。要好好注意殺人的時候要放低身子，低的範圍就差不多你們的身高減去藤枝身高的高度。」

「不用提醒那麼多次，我知道的。」

「仲津田，那就好。可別太激動然後失手啊。算了，最糟糕的情況下，就算攻擊位置偏了也不打緊。是因為與對手搏鬥所造成的這種解釋也是能成立的。最重要的，劇情設定為凶器是匕首，生存刀被奪走了這樣。」

「就說我知道了。」

「唐原，我們動作快點吧。如果死亡時間拉得太開可就不好了。」

「是呀，遠藤。剩下的人一定就在附近。我們分成三路去找吧，找到的話就老樣子靠笛聲聯絡。」

「不過事情還真的如唐原所預料呢，想不到對方會自己飛蛾撲火。」

「哈哈哈，對方的想法真是太單純了。因為他們有自信說這場交易會成立呀，真是太悲哀了。」

「不過他們的提議聽起來倒是挺不賴的。」

「是呀。想不到他們敢利用屍體，還挺有膽子的。我壓根沒猜到呢。對方還挺了解我們的心理嘛。只不過，我們的計策還更高一籌。」

「唐原、遠藤，我們就別閒扯了，趕快出發吧。都沒那麼多時間囉。」
「嗯。那我們就在這T字路口分道揚鑣吧。仲津田往西，我往北，遠藤往東。」
「唐原，了解了。」
「了解。」
腳步聲正靠近。
如果他們在飲水區前的T字路散開的話，那往這裡來的便是那個叫遠藤的。
聽著那三人的對話，我多少了解「團體」的意圖為何了。他們根本不想處理屍體。
他們利用殺了夥伴藤枝這事，打算將犯下的所有罪都推到藤枝身上吧。殺死我們的危險殺人犯只有藤枝一人。但藤枝在中途凶器遭奪，與某人一同斃命。剩下來的就是我們的屍體、藤枝的屍體。他們打算演出這一套劇本吧。
下指示刻意留意藤枝的身高再攻擊，加上統一殺人凶器也一定是為了那目的絕對沒錯。說是沒時間，也是為了讓藤枝與我們的死亡時間能相互符合。
既然對方不打算藏匿屍體，那這場談判根本無法成立。
我們的作戰根本沒幫上任何忙。
傳來遠藤正往這接近的腳步聲。
該怎麼辦？

該怎麼辦……

與其擅自行動，還是潛藏在這裡才……

「咿咿咿咿……」

惠美承受不住心裡的恐懼，以沙啞的嗓音發出悲鳴。遠藤的腳步聲瞬間停下，立刻往這跑來。

我一把捉住惠美的手，自草叢中飛身而出。

遠藤不發一語地對我們窮追不捨。

我拉著惠美奔跑。

一直往東邊跑離公園。

不需多久，我的呼吸就變得急促，流下豆大的汗珠。

我讀書學習既不出類拔萃，運動方面不好也不壞。既沒有能向人誇耀的特長，也無值得人注目的功績。是個可悲的半吊子。這樣的我，該怎麼對付那種人？

我拚死命地思考。

「嘰————……」

背後傳來笛聲，是發現獵物的信號。仲津田與唐原兩人都會立即趕過來集合吧。

這下真的無路可逃了。整組人馬徹底曝光。之前能勉強逃脫，全都是有了夥伴當誘餌墊背的緣故。但唯獨這次沒法倚賴夥伴幫忙。我絕對不能出賣惠美要她當誘餌。

遠藤的腳步聲好像就從正後方不遠處傳來。一直跑動逃命是不可能的。惠美呼吸急促的程度比我來得嚴重，她也跑不了太遠吧。相較之下遠藤體力似乎相當充沛。他能一邊吹笛、保持一定速度追趕我們。

該如何是好？

難道他就沒什麼弱點嗎？

遠藤的弱點……

在奔跑路徑上可見遊樂設施。話說回來，這裡還有這樣的地方啊。有鞦韆、單槓、溜滑梯等排列於長凳前。

遊樂設施。

我腦內突然激起一個點子。那並不等同於作戰，只是個剛好想到的點子。但我並無暇去分析是否可行，便立即行動。

我一面感受從後方逼近的遠藤的腳步聲，朝著鞦韆全速奔跑。我拉著惠美，迫使她再跑快一點。當惠美跑在我前方時，我彎低身子捉住鞦韆的座位板，邊跑過鞦韆並大力拉扯，鐵鍊發出軋軋軋的聲響。待我將座板拉扯延長到手勉強可及的距離後，然後放手。鍬韆向後描繪出弧形軌跡飛去……

打中他。拜託要打中他。

「啊嘎。」

人聲，以及沉重聲響。

我回頭一看。

遠藤全身正癱軟倒地。

鍬韆依然發出軋軋聲響搖擺。

遠藤倒地，以兩手掩面產生痙攣。看得見他口吐白沫，夜視鏡好像不知道被撞飛去哪了，鮮血自他兩手間滲出。

很順利。

自己有些不敢置信，我低頭望著遠藤。惠美也吃了一驚似的呆站在我身旁。

想不到如此單純的方法也能造成致命打擊。

也太簡單。

不，那是因為遠藤戴著夜視鏡才會有這樣的效果。夜視鏡是種精密機械，有其重量。當臉上戴著那種玩意，如果被施加離心力的鍬韆座板朝正面硬生生撞那麼一下的話……

一擊就打暈也不足為奇。

我不知道現在該怎麼辦，只能猛往遠藤臉上瞧。消瘦的臉頰，看來弱不禁風的八字眉，年紀約二十五至三十歲之間。這張臉我總覺得在哪見過，雖稱不上是熟人，但好像曾看過幾次……

凶器或許是被撞飛了，他手上並沒有刀子。現在靠近他也沒關係吧？我輕輕碰了遠藤的手，確認他毫無反應後，將他的手自臉上移開。

遠藤翻著白眼並張開嘴巴，還斷了顆牙齒。他鼻翼修長，眼窩深邃。我知道了……只要想著他身穿作業服開朗而笑的樣子，一切就都明瞭了。

這個人，是收垃圾的大哥。

他總是在收垃圾的日子跟著垃圾車一起跑，經過時也會點頭打個招呼。就算倒垃圾的時間晚了些，去追趕垃圾車的話他也一定會停車。面對味道強烈或是長蟲的垃圾袋也不會露出一臉難色，只是默默地將袋子堆進車裡……雖然我沒跟他說過什麼話，看起來就是個認真生活的人。

「……」

我啞口無言。

原來收垃圾的大哥名字叫遠藤啊。

我在心中毫無意義地如此確認後，將目光自遠藤身上離開。

我的心已經承受太多了，就連感到沮喪、吃驚的閒功夫都沒了。

「哩————……」

聽到不知從某處傳來的笛聲，我才回過神來。

現在沒時間發愣了。再愣下去，唐原以及仲津田就會追上來。我看著鍬钁，心想能不能再利用它一次。不，不可能吧。

「惠美，我們逃吧。」

我推了惠美後背一把。

總之我們現在只能朝東方前進，直往神田川去。

「阿明，走這邊沒問題嗎？」

「嗯……」

真的沒問題嗎？

之前在我們要逃向井之頭通時，就曾遭「團體」包抄圍攻。難道那是在未經商量下所進行的嗎？說不定笛聲裡頭就含有「從東邊包抄」的意思。這麼一來，如果胡亂逃竄說不定又會中陷阱。不，我想太多了，說不定他們可能有設定事前商量討論的時間點……

我的心再度變得疑神疑鬼，不知道該往何方前進。心想無論我從黑暗中往哪個方向出發，那裡終會出現「團體」的人影。

「阿明？」

我動不了。

我的腳，它動不了。

「我都知道啦。真是的，不用說那麼多次我也知道啦。」

某處傳來人聲。

是仲津田的聲音。

「唉，煩死人了。就算讓一個人逃了，那又沒什麼關係。就算被警察知道了，那又沒什麼關係。連警察也一起殺掉不就行了嗎？如果來了很多警察，就殺更多人不就行了？就結果來說，不是我被殺不然就是殺了對方，世道不就是這樣？我真的不懂為什麼都事到如今了，還要怕成那樣。難道是因為有了家人，想法就會改變嗎？」

他不停輕聲且快速的持續呢喃。

「我知道啦，我都懂啦。該做的事我會做啦……真是的，我就聽妳的話行了吧，真是個臭老太婆。」

我不知道聲音是自哪傳來的，但感覺應該就在附近，可是我無法聽出方位。惠美一臉緊張、身子僵硬。

對了，用望遠鏡吧。我拿起望遠鏡，朝裡頭窺視……

登。望遠鏡好像發出這麼一聲。從望遠鏡看出去的視野瞧不見任何東西，只是一片漆黑。我先將望遠鏡抽離後，再看一次。結果依然不變。如今已聽不見使用望遠鏡常會聽到的細微機械運作聲。

電池沒電了。

我現在的心境宛如全身自雙足開始沉入黑暗深淵，可以得知敵方位置的道具無法使用了。

這麼一來我方沒任何武器。

「啊、找到啦。喂——那邊的不准動。」

漆黑中傳來人聲，撥開樹叢前進的聲響逐漸靠近。

身子不自覺一縮。

「……什麼啊，是樹枝喔……」

可聽見一聲失望的人聲。

我與惠美兩人背對背全身僵直。出不了聲，連根手指頭也動不了。

仲津田人就在附近。雖然不聞其聲，但唐原恐怕也在一起。在這片濃密的黑暗中，唯一能感受到的僅有敵人的氣息。感覺就像閉眼狀態下，與飢餓的肉食猛獸關在同一房間裡。

「你要是行動的話我比較容易找的說。不過，運動過的人肉，總覺得有些臭味呢。那是為什麼啊？乳酸……跟那有關係嗎？我果然啊，還是喜歡在無戒備狀態下突然死去的人肉啊。」

即便有著夜視鏡，看來也難以發現未處於動作狀態中的人類。可是，被發現會是遲早的問題吧。聲音越來越往這靠近。相較於一派輕鬆的仲津田，我的心臟瘋狂跳動，持續往頭部輸送過剩的血液。一整個人光是處於焦急狀態，腦袋無法思考運轉。

難道就到此為止了嗎？難道該做好一死的覺悟了嗎？

「咦？啊啊，都已經走到神田川前面來啦。」

仲津田的聲音稍微遠離了些。

「嗯——反正人一定就躲在這附近……」

越來越遠。

說不定這麼下去能逃過一劫。

就在我要安下心鬆一口氣時，卻感到某處吹來氣息。

「……」

是會令人誤以為微風吹拂的微弱氣息。但那呼吸裡，確實含有一股笑意。

「嗚哇啊啊！」

叫聲。

我後來才發現那股叫聲是由自己發出。我一邊大叫，以足以推飛人的力道推開惠美急忙躲開。自己也不清楚為何會做出那種行動，說不定是因為恐懼已超越了極限狀態。在這明明只看得見一片黑暗的世界，我卻有種確實與肉食猛獸對上眼的感覺。

再退了一公尺遠後的我的面前，存在著某種很明顯是與植物或遊樂設施形狀不同的東西。

鋒利的刀刃。

在黑暗中看來仍微微發光。我將視線自刀尖移向刀柄，接著往握著刀的手上看去……

那裡有名笑逐顏開的女性。

年紀約莫介於中年與老年之間。她那給人過於樸素的印象令我在一瞬間動搖。她就像個會提著購物籃，在超市裡挑選紅蘿蔔的婦人。像個會牽著小女孩的手，揮手向幼稚園老師說再見的婦人。像個會在電車上搶第一個去乘坐空位，等到有老爺爺上車時讓座，做事隨興的歐巴桑……

她，就是唐原。

這麼平凡的一個歐巴桑，就在方才拿著一把匕首刺向我所站的位置。

她擺出一臉將紙屑丟向垃圾桶時「唉呀，丟歪了呢」的表情，手臂再度高舉。我察覺背後的惠美正要起身，好像是我害她摔倒了。這下無法再往後退了。

管不了那麼多了，聽天由命吧。

我閉起眼，放低身子往前一衝。

有股柔軟的觸感，我整個人衝向唐原身上。

「唔唔唔！啊啊！」

我喊著自身也不明其義的吆喝來鼓舞自己。唐原被我騎在身上，咬牙切齒地看著上方。我握緊拳頭，無數次揮向唐原。有幾發攻擊打偏到地面上，幾發則擊中不明處，反而傷到自己。即便如此我的力道依然不減，只是賣命地不斷攻擊。我轉動肩頭，並把體重施加在唐原身上，持續揮拳。叩、叩的聲響不斷發出，我剝下她的夜視鏡，瞄準眼部。

就在此時，眼前有道風咻地一聲劃過。

襯衫被割過一般裂開後下一秒，有如火焰的炙熱襲上左肩。我被砍傷了。

在我因疼痛感到無力時，唐原將我撞開，一察覺到我倒地便趁隙逃離。

這時唐原打算與我拉開距離，我則毫不猶豫地衝上前追趕。不知是否因為變得激動起來，本想逃避的心理如泡影般消去。依循心中強烈的恐懼，我全力往前衝刺。給我等等。

即便在黑暗中她的身形依然清晰可見。我全力追趕背對我而逃的唐原，雙手捉住她的肩頭用力往旁一扯……

想不她身形意外瘦小。

正當我這麼想時，手裡突然沒了觸感，唐原的身影自我視野裡消滅。

反之卻發出一種柔軟物體碰撞上堅硬物體時會響起的沉悶聲響。

我的胸口好像撞上了什麼。仔細一看後，是鐵製護欄。是架設在神田川沿岸的鐵護欄。我與唐原好似就在神田川旁搏鬥，剛剛我全力推了唐原一把……

也就是說……

我抓著護欄，往下看進一片黑暗中。

前方為神田川。川裡水量稀少，露出岩石以及水泥的部分，自護欄至川底約有五到六公尺的高度。從這裡掉下去的話，隨著撞擊到的部位不同可能會……

無論我再怎麼張望，都因為太過漆黑而不見任何東西，只聽得見水聲潺潺地流動。

全身如雨的汗水滲進肩上傷口發疼。話說，原來我被砍傷了。我恐懼得不敢看向傷口，以右手按著肩膀。雖然感覺到線狀的傷口延伸至胸口一帶，傷口本身好像沒那麼深。但溫熱的血液仍不斷流出，我咬緊牙根承受。

「阿明……」

聽見惠美宛如低語的小小呼喚，我抬起頭。

惠美她人站著，擺出一種像挽著手的姿勢看著我。

我不知道該說些什麼才好。

我心中沒有擊退唐原的安心、沒有攻擊人後的後悔、在千鈞一髮之際保住性命的喜悅，什麼都沒有。

只是覺得，疲累。

希望這場惡夢趕快結束，早晨快點來臨，希望太陽光映照在吉祥寺上，露出我們所熟悉的原來街道。有種到了晚上後已過了好幾天的錯覺，我已經受夠了。

我仰天嘆息，腳步踉蹌地往惠美那走去。

惠美的表情看起來有些奇妙。她看似又哭又笑地，好像同時說著謝謝以及抱歉似的直直望著我。

「惠美。」

惠美身旁有人在。

那人自後方壓住惠美肩頭，另一隻手低在惠美喉頭。身材高大，看起來瘦卻富有肌肉。

「仲津田……」

「啊？你怎麼會知道我的名字啊？」

傳回的是響亮且沙啞的嗓音。

惠美與仲津田兩人不動。

或許他有著隨時都能動手宰掉惠美的從容吧，仲津田一派輕鬆地望著我。

「為什麼……」

我們明明一直逃、一直逃、一直逃。

一路上一直逃跑。

好幾次都差點想放棄，好幾次都厭惡逃竄。即便如此我們依然努力著，就算有人犧牲，還利用了同班同學的屍體。為了拯救惠美、與她一同生存下來，我是那麼地努力。事情居然會變成這樣?

「竟然把那唐原老太婆推下去,還真有你的。我也對她有些不爽就是。那老太婆實在有夠囉嗦的。」

仲津田在咳了兩聲後笑了。

「啊——這個又重又悶耶,礙事。」

仲津田摘下夜視鏡丟到地上。可以看見修剪整齊的長髮與鬍鬚,面容看上去很清爽,就像會在海邊單手抱著衝浪板到處跑的人。應該是個大學生吧。仲津田撩起頭髮繼續說道。

「不過,你可真夠拚的。居然能從我們的手中逃到現在,害我嚇了一跳的說。真的真的。可是,一切都將劃下句點。最後就讓我們來閒聊一下吧,哈哈。」

這傢伙在打些什麼如意算盤?

其他的「團體」成員全都是一聲不響地攻上來,唯獨這傢伙最多話。說不定是想好好折磨被逼到絕境的我。隨便你啦,我自己也沒了向仲津田發火的餘力。

反正怎麼拚命掙扎反擊,在我的攻擊命中仲津田前,惠美就會先被殺了。

「怪了?你怎麼好像不愛說話啊?真無趣。說些話來聽聽嘛,對了對了,這女孩跟你是在交往嗎?還是還處在兩情相悅的曖昧階段?你們大概還是高中生吧……也就是說兩邊都有可能囉！」

「……」

「我高中的時候啊，『夜』制度才剛開始沒多久的樣子……那真是個噁心的時代啊。大家一起加油來節省電力、節約能源。老是重複這些廢話。企業打算在各種商品都加上那樣的口號來賣，而消費者也都開開心心地買帳……熬過『夜』，大家一起加油。這種團結正是美德。整個社會上充滿那樣的氣氛。」

仲津田那端正的臉龐變得扭曲而笑了出來。

「什麼狗屁『夜』制度啊。這是個詭異到不行的系統，明明就沒什麼省電效率，要背負的壞處卻不小。都是一群沉浸在一窩蜂熱潮裡的傻子導入這種制度……我們能就業的地方還有收入都變少了，連行動自由也全面受限……以前已經玩得很痛快的大人就算了，卻只有像我們這種接下來才有時間跟金錢玩樂的世代單方面吃虧。唉，你們真好啊。在『夜』制度出現後才出生的世代，可以不抱任何疑問大肆玩耍度日。你知道嗎？我學校裡的學長姊啊，每年至少會有兩人自殺咧。很好笑吧？」

「……」

我與惠美互望。

說不定我看得見惠美長相的時間，就剩沒幾秒鐘。我接下來能以這秒鐘的片段為回憶再活多少年呢？

「喂？你有在聽嗎？你是怎樣，耳朵聽不見是不是？」

「……你為什麼要殺人？」

「什麼？」

「為什麼我……得被像你這樣的垃圾危害，還淪落到這地步啊？」

仲津田哈哈大笑，因為笑得太過火還嗆到咳嗽。

「是嗎是嗎？會那麼想也很正常啦。不過，就沒辦法啊，我想殺人嘛。」

「所以才問你為什麼要殺人……」

「跟你說會懂嗎？」

「難道是看到血跟屍體之類的東西會高興……你這個變態混帳。」

我自暴自棄地將自己想說的話吐之而後快。仲津田往斜上一瞥，笑了出來。

「你在說什麼鬼話？我當然會怕血啊，看到屍體當然會不舒服，那種東西我也不想看啊。」

「咦……？」

「你有沒有看過恐怖片？看了很不舒服對吧？那種東西真的只是創造出來嚇人的玩意。既殘酷、不講理又壞心眼啊。我啊，最討厭恐怖片了。」

「……」

「我呢，是個比其他人還要更怕血的小孩。有一天，我手指受傷了，血一直滴個不停。那個時候我一直看著傷口，好怕好怕……怕到背脊發涼、身體發抖……然後就笑出來了咧。這種心情，你懂嗎？」

「鬼才懂呢。」

「這只是我個人的想法啦，當你怕過頭後，腦內或許會分泌出奇怪的物質吧？然後心裡整個變得舒服起來。我啊，有了那次經驗後，跑去殺了貓。你想像一下：正常上學、正常戀愛的自己宰了一隻貓。你把刀刃刺進好可愛好可愛的小貓身體裡旋轉，將之肢解。」

「噁心！」

「沒錯，我差點都想吐了。彷彿在眼前清楚看見一幅強烈的非現實景象。那會讓你腦子發狂啊。我根本不想殺什麼貓，卻宰了一頭貓。刻意去作一場永遠不會醒來的噩夢。就是這種感受讓我瘋狂……如痴如醉。」

「……」

「我是這麼想啦。你不覺得活在這個世界很不自由嗎？能夠盡情使用能源的時代在雙親那一代就結束，我們就得被迫遵守一堆不方便的規則。日常生活嚴苛，未來光景昏暗，社會氣氛肅殺啊。像是想要過個安定的好日子啊、想要錢……自己的欲望全都得受社會規範束縛。我就是那麼不自由。不過，那樣的我也殺得了一隻貓。不能做的事，不想做的事，我都能依照自我意志來判斷要不要做。啊啊，我可真自由啊。我能依照自我意志來做喜歡的事。我自所有束縛中解放，真正變得自由……我是那麼感覺到的。」

「……」

我眉頭深鎖。

雖然討厭，但還是下手殺人？

其中有著不必多說、自己也多少能夠理解的部分，這令我有些困惑。

任誰都有不想做的事。好比說傷害自己的行為，那一點益處也沒有。但那真是出於我的自由意志嗎？不是這個名為「人體」的系統，為了維持自我運作而在操縱我嗎？倘若換個說法，那正是束縛的一種。我們光是活在這世上，就會受到某樣東西束縛，被誘導至只往特定方向前進的狀態……

假使如仲津田所言——刻意做出令自己嫌惡的行為，說不定就能從那種感受中解放，獲得自由。

「你去殺個人試試看，那真的很難受啊。身體會本能地發出抗拒反應，會眼花、會胸痛，淚流不止。會為了騙過自己的感受而笑，臉部變得扭曲猙獰，內心被割得滿目瘡痍。每當我舉起刀行刺，就有種自己被大卸八塊的感受。然後，只剩下自我的意志存在，『我在殺人』的意志。在血肉飛散、涕淚縱橫之中，我可以感受到已不受任何東西束縛、自由的我。並非為了家庭，也不是為了社會，甚至也不是為了自己。我啊，就是毫無意義地成了自由之身……」

仲津田的音量漸漸地越變越小。

「喂，這很有趣對吧。人們因為有了『夜』制度變得不自由，但為了一吐怨氣，尋尋覓覓找到的場所，結果又是這個『夜』啊。這世界的邏輯構造還真玄呢……不，到頭來我們也只是被他人玩弄於股掌之間而已嗎……？」

伴隨對話進展，仲津田咳得越來越激烈。我的臉頰沾附上某種液體。我試著以指尖拭去，那液體竟帶有黏性，還溫溫的。

仲津田一個踉蹌，雙腳就這麼無力地倒下。

「啊啊……痛死啦。我已經站不住啦。」

惠美依然呆站在原地，表情悲傷地凝視我。她並非挽著手，而是維持將手擺在身後的姿勢不動。然後，自仲津田胸膛映入我眼中的是一把刀柄。

這下我總算理解是怎麼一回事了。

「阿明，我……」

我靠近全身發顫的惠美，緊緊抱著她。

仲津田早就被惠美刺傷了。

說不定就在他開始鬼扯之前。

說不定就在惠美一臉複雜地看著我時……

「我並沒有、要殺人。只是，突然嚇到……我才用、撿到的刀——」

或許是被我這麼一抱，惠美緊張的情緒才得以和緩，她將手繞到我背後，使力地抱緊。

「放心。沒事的……我都知道。」

「阿明……」

豆大的眼淚撲簌簌掉落。

不僅只是感到安心。

我十分理解惠美因為殺了人，所產生的罪惡感以及困惑。她那複雜的表情裡，包含著不想讓我看到這副模樣的心境吧。那麼堅強的惠美，惹人無比憐愛，我想承受惠美的一切痛苦與悲傷，使其全部化解。

此刻對惠美的情感，無法順利言喻……

我只是一直哭泣。

惠美也靜靜地哭泣。

待眼淚乾涸後，我與惠美兩人互相擁抱，看著仰倒在地面上的仲津田。

那傷口浮著莫名的泡沫，應該是刺中肺部了吧。空氣想從縫隙流竄，發出啵啵啵的聲音。

仲津田好像還想笑著說些什麼，但他每講一句，就會咳中帶血。

他的嘴四周也浮著血泡，現場響起他那聽似痛苦的尖銳呼吸聲。他的意識還相當清楚，但我們已經聽不出他想說些什麼。他現在應該接近缺氧狀態吧，臉色發黑，手腳也不斷痙攣。

這次真的結束了。

我們腳使不上力，癱坐在地上。

結束了。

我與惠美耗盡精力，癱坐在地上好長一段時間。

兩人無法起身，也提不起勁去做其他事。我倆只是肩併著肩，一同茫然地望著天空等待早晨來臨。

仲津田那原先急促的呼吸也漸漸變得平靜，隨著血液流逝，肉體也變得冰冷。我們毫不感慨地望著他那副模樣。

不久後，便聽見鳥鳴且旭日東升。

堪稱神聖的白光照亮公園，顯現出綠色、茶色等色彩。光的粒子打在臉上真是溫暖，附著於草木上的露珠閃耀晶亮，在祝福太陽的來到。是「早晨」。

喪心病狂的時段已結束，屬於我們的世界回來了。

——這裡是武藏野市公所。在此向各位市民宣布，再過不久，「早晨」即將來臨。十分鐘後全體區域將可使用電力設備。祝您今天也有個美好的一天……

聽著這平時總是忽略的廣播，令我感到懷念不已。

「啊，京香。在這裡在這裡。」
「對不起喲惠美，妳等很久了嗎？」
「我才剛到。對了，那邊可以手部消毒喲。」
「啊，了解。」
京香走近掛號櫃檯，將消毒酒精膠塗在掌上。
「是說這醫院還真大呢。光櫃檯就那麼大一區，該不會比學校還大吧？」
「這邊好像是這一帶的急救據點醫院喲，聽說樓上還有直升機停機坪呢。」
「哇──好厲害。阿明是這醫院院長的兒子對吧？」
「對呀。」
「真是個大少爺呢──」
惠美的手機響起鈴聲。
「我失陪一下，有簡訊。」
「在醫院裡面可用手機嗎？」
「用一下應該不會怎麼樣吧。如果不行的話，就在入口處設立行李檢查站就好了啊。反正他們只是說得誇張點罷了啦。」
「是嗎？」

「啊，是阿明傳來的。呃——他說他人在橘棟的305號房。」

「阿明的傷有需要嚴重到住院嗎？」

「誰知道。只不過是胸口附近被稍微割了一刀而已，才不是什麼重傷咧。雖然天亮之前也沒做什麼緊急處理，還不是活蹦亂跳的。不過阿明他爸媽本來就過度保護，要他住院也是以防萬一囉。」

「有錢人家真好耶。我家要是有人住院啊，馬上就得借錢過日子。加上健保又不補助住院開銷中的夜間特別電費，會死人。」

「那是京香妳們家太窮了啦。」

惠美苦笑。

「話說惠美，妳有沒有看新聞？」

「有看有看，唐原跟遠藤好像還活著呢。」

「但聽說被逮捕了。」

「那還用說。那種危險的傢伙，老早就該抓起來了好嗎？現在光是知道的，他們就已經殺了十來人了耶？警察真的是怠忽職守。」

惠美嗤之以鼻地哼了一聲，邊輸入簡訊回覆內容。

「『現在就過去喲』……就這樣。」

「話說那之後，妳跟阿明關係進展得怎樣？」
「嘿嘿嘿……前陣子，他向我告白了。」
「喔喔，不賴嘛！一對兩情相悅的情侶就這麼誕生了？」
「沒有，我還沒答應。我跟他說，再讓我考慮一下。」
「咦？為什麼？」
「因為我不想讓阿明以為我深深迷上他了嘛。那樣一來，之後在很多方面都很不利呀。不過……到最後還是會決定在一起啦。阿明長得帥，人又體貼，爸媽也很有錢。這種潛力股，在這種時代很少見的。跟『團體』對峙的時候雖然顯得有點靠不住，但他最後還是救了我。勉強算合格啦。」
「看妳跩成這樣還真是嚇到我了。」
「才沒有呢。我只是冷靜、客觀地評估罷了。我自己也很努力呀，換成阿明可能會喜歡的髮型、挑選服裝，還很努力打工去賺穿搭所花費的錢，連個性也扮演得無微不至。」
「惠美在這方面的努力還真是毫不妥協呢，那樣談戀愛感覺好累。」
「要是散漫偷懶，戀情就不會實現呀。啊，我當然也很感謝京香喔，真的。全都多虧有妳。」

「別突然這麼捧我嘛。」

「不過，我真心認為京香的『夜』約會作戰是個好點子……可以很自然地接近對象，也算是個容易誘惑目標的情境。只不過沒想到會那麼倒楣就是了。說真的，中途我真的恨死京香妳了……」

「唔……對不起啦。雖然這不是道個歉就能了事……不過我也沒想到會發生那種事。」

「說的也是。反正都活下來了，就結果論來說OK的啦。」

「嗚哇，轉得有夠快。」

「因為京香妳很努力呀，我沒有要責備妳的意思。畢竟妳還很順利地邀阿明一起在『夜』裡出來玩，如果那時候是我開口邀約，反而顯得不自然。」

「那個真的超累人的好嗎？將司實在有夠礙事的。」

「我懂——！為什麼他會跟過來啊？我真的超不爽。不懂察言觀色也該有個限度。」

「就是說嘛。」

「追根究柢，還不是京香妳對將司挑釁得太過頭了。『會怕嗎？』『沒勇氣嗎？』都是妳說這種話，他才會跟來『夜』遊啊。唱完卡拉OK後就該讓他回去才對。」

「唉喲，又不是我的錯。如果那時候讓將司一個人回去，總覺得阿明好像也會跟著走掉呀，就氣氛上來說啦。」

「嗯——唉，說不定真的是那樣。啊——殺了那傢伙果然沒錯。」

「惠美……妳太大聲了。」

「嗯？京香妳會怕喔？」

「也不是怕啦……」

「不過那時候，我們根本走投無路、被逼到絕境了呀，這也沒辦法嘛。」

「妳是說被『團體』抓住那時候對吧。都是惠美妳突然說想加入『團體』，連我都被嚇到了。」

「畢竟在那個當下就只能那麼說了呀。除了當他們的同夥以外沒其他方法了。為了證明這點，要殺掉將司也是無可奈何的。」

「惠美真的好厲害呢……居然敢真的下手。」

「只要做好覺悟就沒什麼大不了的吧？本質上其實跟殺魚沒什麼兩樣。」

「……那妳在將司的葬禮上還真有辦法哭耶。」

「咦？為什麼沒辦法哭？真要追究起來，將司會死又不是我害的。我也不想殺他呀，只是逼不得已。比起全員滅團，就算只有一個人活下來也好吧。」

「……」

「不過，那也完全是在賭博就是了。如果都下手了，『團體』還是不相信，就真的玩完了。在我說要歸附『團體』的時候，京香妳能配合著接話也幫了大忙呀。」

「我只是照惠美妳說的做而已。」

「嗯嗯，畢竟要是一個沒弄好，說不定還得殺了京香證明給他們看呢。真的是好險啊。」

「……」

「而且運氣也不錯。那個時候跟他們借來的小刀，最後成功派上用場，殺了那個叫仲津田的傢伙。」

「話說惠美，妳是在什麼時候背叛『團體』的呢？」

「什麼？」

「我們最後不是被下令，要以『團體』成員的身分去找出阿明在哪，然後解散嗎？我就那麼跑去找警察，但回來時就發現事情全部解決了……我都不知道詳細的細節呢。」

「啊——……妳想知道嗎？」

「想想想。」

「說實話，發現阿明的時候，我原本打算把他交給『團體』，還想直接把他帶過去耶，哈哈。」

「嗚哇，別笑好不好？超可怕的——」

「不過，阿明也很努力啊。怎麼樣都不肯上當，所以我就先在一旁觀察情況。我還刻意哀號，藉機把我們的位置告訴『團體』的人。之後就看阿明在那邊拚死拚活，該說他運氣好還是怎樣呢……最後就解決了遠藤還有唐原，所以我才想說還是倒向阿明這邊好啦。」

「妳還真機伶啊。」

「別說得好像很簡單，我也是很拚命的好嗎？要演出雙方都沒背叛的樣子真的有夠難。」

「就結果來說，將司也變成是被『團體』殺死的了。」

「沒錯。仲津田我只是刺了他一刀，算正當防衛。」

「畢竟沒人認為妳會背叛嘛。」

「一切都很順利。我說真的，雖然還是有點尷尬啦，但知道這件事的就只有我跟京香而已。」

「代表的意思是，我們的交情足以互相分享祕密對吧？」

「沒錯。」

惠美嘆了口氣。

「雖然發生了很多事，但結果是好的就皆大歡喜囉，阿明他也喜歡上我了。雖然被一群腦子有病的人攻擊讓我很不爽，但反之就是因為有了這意外，阿明跟我的關係才得以迅速進展呢。畢竟我跟他是在經歷慘烈困境後一同活下來的夥伴。阿明應該會誤以為我跟他是天造地設的一對吧。」

「未免也太正向思考了。唉，反正我們就是運氣好。像這次是真的一個不小心就有可能會死，但我們很好運的沒死。一開始在街上被追著跑的時候，我還真的想說死定了咧。」

「那就是神明說要我們活下來呀。接下來，就換我來全面支援京香的戀情吧。等阿明出院、一切都告一段落後，再來擬定作戰計畫。」

「拜託妳囉。不過在那之前，也得先有個喜歡的男生就是了。」

惠美與京香相視一笑。

敲門聲。

「阿明？你在嗎？我是惠美。」

一聽見惠美的聲音，我自床上起身。

傷口雖還有些疼痛，但我依然無視疼痛而出聲。

「妳們來啦，快進來。」

惠美與京香走到我床頭。

「狀況如何？」

惠美好像很擔心，我回答道：

「聽醫生說，好像挺順利的。也沒傷到重要的臟器，馬上就能拆線。拆完線就能去上學了。」

「是嗎……那太好了。來，這個是伴手禮。」

惠美將水果籃放在床頭櫃上。

「謝謝妳……我很高興妳能送水果來。」

「阿明先——生，我全都聽說囉。聽說你住院後，每天都跟我們家惠美小姐傳簡訊是吧？」

京香不懷好意地笑著以手肘頂向我。

「那、那又怎麼了嗎？」

「唉喲——真有一手呢。年輕真好吶——」

妳到底是在扯些什麼啊？我原先打算如此回道，但發現惠美正往我這瞧，於是便閉上嘴。

「阿明，真的很謝謝你。那個時候……如果沒有阿明你在的話，我就不知道自己會是什麼下場了……」

我知道自己的雙頰正漸漸漲紅。

「沒有啦，我才要對不起……我那麼靠不住。」

我這麼說完後低下頭。

「沒……那回事的。」

「嗚哇，你們兩個營造這種氣氛是想怎樣？別在那邊刻意閃給我看喔拜託。」

京香不高興地臉一橫轉過頭去。

惠美好像在害臊，臉頰發紅。

「我、我來削水果。」

惠美拿起刀子，開始慢慢削起蘋果皮。

我別過頭去。自那之後，我有些害怕刀刃。

我閉上眼。

光是這麼做，感覺那場如噩夢般的『夜』又在我眼前重新上演。真的很恐怖。竟然會有那麼多怪人潛藏在「夜」裡，真是超乎我的想像。

那天，在我們茫然地迎接黎明時分時，京香叫來的警察找到我們。我們受到警方保護，搭上巡邏車前往醫院。我忘不了當時見到雙親的樣子。

看著滿身泥巴、傷口，明顯一副精疲力竭的兒子……他們兩人緊緊地抱住我。母親眼眶帶淚，父親則顯得有些自傲。他們一句話也沒責備，這反而讓我覺得愧疚。

讓我覺得心酸的，是見到將司等犧牲者雙親的時候。他們不停哭泣，問著自己的孩子最後是怎樣死去……在那之間，可以感受到對於生還者的我們的嫉妒，以及無處發洩的憤怒。我什麼也說不出口，只是低著頭。

在那天，「團體」中的兩人遭到逮捕，另外兩人已確認身亡。

不久後隨著整起案件調查進行，整座城鎮都因他們可怕的犯行大感震撼。

藤枝。高中教師，管樂社顧問。單身，與雙親同住。

唐原。主婦。與丈夫及兩名女兒組成四人家庭。家庭關係良好。

遠藤。垃圾收集業者。有一名論及婚嫁的戀人，雙方家長也已經打過招呼。

仲津田。知名私立大學二年級學生。經濟統計社團副幹部。

全員在生活方面上並無什麼問題。

而……四人所殺害的人數為……不明。

在藤枝房裡所裝設的蓄電式冰箱中，發現了十人份以上的眼球，至少知道犧牲者人數超越這個數字。

潛伏在身邊的可怕殺人魔成為超大頭條新聞，週刊雜誌以及電視新聞瘋狂報導。許多專家學者指出這與「夜」會吞噬人類之類傳言間的關聯性，也出現了應該還有第二或第三個「團體」存在的見解。事情甚至發展到「夜」制度存廢與否，成了國會的討論議題。

防盜護身用品暢銷、業績一路長紅，人民比以前還來得更加恐懼「夜」……

這讓我想起美智子小姐說的話。

——「團體」的人也跟我一樣，是膽小懦弱，當不了人的半吊子。你根本沒那個必要去懼怕「團體」。因為真正在害怕的其實是「團體」——

那段話我現在依然無法認同。

無論怎麼想，該怕的應該是我們才對。

反之「團體」應該沒理由怕我們呀。

我並沒看到自己比他們還來得優秀的地方。就結果來說，那天「夜」裡我們取得了勝利。但我們的思維遭看穿、動向遭預測、只會驚慌失措逃竄……我只能認為我們最後只是因為運氣好才足以得勝。

美智子小姐說，能自然而然融入社會是很厲害的。這該說是適應能力嗎？讓自己適應各式各樣的狀況，將周遭的人視為夥伴，在所有人之間周旋存活。如果是這種能力的話，比起「團體」的人，我或惠美以及京香應該是比較厲害沒錯……

但那真的是很厲害的事嗎？

我並不清楚。

……

我唯一清楚的。

那就是我們，活下來了。

就只有這件事實而已。

我成功守護自己所愛的人直到最後，而惠美也一直協助我直到最後。因為惠美刺殺了仲津田，我才免於一死。因為有惠美在，我才能一直努力下去……

我與惠美兩人，確實成功地熬過那一「夜」。

失去的事物太過龐大。有許多人不幸喪生，將司……美智子小姐、澄夫、達彥、裕也……一想到這就覺得心痛。與大家一同上課的教室風景，再也無法重現。

我得努力好好地活。

連大家的份一起活下去。

我對自己這麼說。

惠美與京香好像在談天說笑。我望著她們兩人的笑容，病房的窗簾沙沙搖響，擺飾的鮮花綻放出美妙的芬芳。

如果接下來也一樣。

如果接下來也一樣與惠美在一起，我必定能跨越、克服各式各樣的困難。

接下來我也會持續守護惠美。然後，活下去。

一定會。

惠美一邊與京香聊天，偷偷瞄向這裡。我倆眼神對上。

惠美向心跳加速的我溫柔一笑。

自窗邊灑下的和煦陽光，溫柔地照亮我們的身影。

完

逆思流

惡夜獵殺

（原名：夜までに帰宅）

作者／二宮敦人　譯者／羅愷旻
發行人／黃鎮隆　協理／陳君平
總編輯／洪琇菁　國際版權／林孟璇
執行編輯／梁瓏　美術主編／陳又荻
內文排版／謝青秀　文字校對／施亞蒨
企劃宣傳／邱小祐、劉宜蓉、喬齊安
出版／城邦文化事業股份有限公司　尖端出版
台北市中山區民生東路二段一四一號十樓
電話：(〇二)二五〇〇七六〇〇　傳真：(〇二)二五〇〇二六八三
E-mail：7novels@mail2.spp.com.tw
發行／英屬蓋曼群島商家庭傳媒股份有限公司城邦分公司　尖端出版
台北市中山區民生東路二段一四一號十樓
電話：（〇二）二五〇〇—七六〇〇（代表號）
傳真：（〇二）二五〇〇—一九七九
中彰投以北經銷（含宜花東）／高見文化行銷股份有限公司
電話：〇八〇〇—〇五五—三六五
傳真：（〇二）二六六八—六二二〇
雲嘉經銷／威信圖書有限公司　嘉義公司
電話：（〇五）二三三—三八五二
傳真：（〇五）二三三—三八六三
南部經銷／威信圖書有限公司　高雄公司
客服專線：〇八〇〇—〇二八—〇二八
電話：（〇七）三七三—〇〇七九
傳真：（〇七）三七三—〇〇八七
香港總經銷／城邦（香港）出版集團有限公司
香港灣仔駱克道１９３號東超商業中心１樓
電話：（八五二）二五〇八—六二三一
傳真：（八五二）二五七八—九三三七
E-mail：hkcite@biznetvigator.com
馬新總經銷／城邦（馬新）出版集團　**Cite(M)Sdn.Bhd.**
E-mail：Cite@cite.com.my
大眾書局（新加坡）　**POPULAR(Singapore)**
E-mail：feedback@popularworld.com
大眾書局（馬來西亞）　**POPULAR(Malaysia)**
E-mail：popularmalaysia@popularworld.com
法律顧問／通律機構
台北市重慶南路二段五十九號十一樓
二〇一四年十月一版一刷

YORU MADENI KITAKU

Edited by KADOKAWA SHOTEN
First published in Japan in 2012 by KADOKAWA CORPORATION, Tokyo.
Chinese translation rights arranged with KADOKAWA CORPORATION, Tokyo.

■中文版■

郵購注意事項：
1. 填妥劃撥單資料：帳號：50003021戶名：英屬蓋曼群島商家庭傳媒(股)公司城邦分公司。2. 通信欄內註明訂購書名與冊數。3. 劃撥金額低於500元，請加附掛號郵資50元。如劃撥日起 10～14日，仍未收到書時，請洽劃撥組。劃撥專線TEL：(03) 312-4212 ・ FAX：(03) 322-4621。E-mail：marketing@spp.com.tw

國家圖書館出版品預行編目(CIP)資料

惡夜獵殺 / 二宮敦人作 ; 羅愷旻譯. —
初版. — 臺北市 : 尖端, 2014.10
面 ; 公分
譯自 : 夜までに帰宅
ISBN 978-957-10-5724-8(平裝)

861.57 103016415